中国书籍文学馆·散文苑

心有菩提

葛丽萍 著

中国书籍出版社
China Book Press

图书在版编目（CIP）数据

心有菩提 / 葛丽萍著. —北京：中国书籍出版社，2014.3
（中国书籍文学馆·散文苑）
ISBN 978-7-5068-4009-5

Ⅰ.①心… Ⅱ.①葛… Ⅲ.①散文集—中国—当代 Ⅳ.①I267

中国版本图书馆 CIP 数据核字（2013）第 305201 号

心有菩提

葛丽萍　著

图书策划	武　斌　崔付建
特约编辑	陈　武
责任编辑	戎　骞
责任印制	孙马飞　马　芝
出版发行	中国书籍出版社
地　　址	北京市丰台区三路居路 97 号（邮编：100073）
电　　话	（010）52257143（总编室）（010）52257153（发行部）
电子邮箱	chinabp@vip.sina.com
经　　销	全国新华书店
印　　刷	三河市华东印刷有限公司
开　　本	650 毫米 × 940 毫米　1/16
字　　数	162 千字
印　　张	13
版　　次	2014 年 6 月第 1 版　2019 年 1 月第 2 次印刷
书　　号	ISBN 978-7-5068-4009-5
定　　价	42.00 元

版权所有　　翻印必究

序

李敬泽

"中国书籍文学馆",这听上去像一个场所,在我的想象中,这个场所向所有爱书、爱文学的人开放,不管是白天还是夜晚,人们都可以在这里无所顾忌地读书——"文革"时有一论断叫做"读书无用论",说的是,上学读书皆于人生无益,有那工夫不如做工种地闹革命,这当然是坑死人的谬论。但说到读文学书,我也是主张"读书无用"的,读一本小说、一本诗,肯定是无法经世致用,若先存了一个要有用的心思,那不如不读,免得耽误了自己工夫,还把人家好好的小说、诗给读歪了。怀无用之心,方能读出文学之真趣,文学并不应许任何可以落实的利益,它所能予人的,不过是此心的宽敞、丰富。

实则,"中国书籍文学馆"并非一个场所,它是一套中国当代文学、当代小说的大型丛书。按照规划,这套丛书将主要收录当代名家和一批不那么著名,但颇具实力的作家的长篇小说、中短篇小说集和散文集等。"中国书籍文学馆"收入这批名家和实力作家的作品，就好比一座厅堂架起四梁八柱，这套丛书因此有了规模气象。

现在要说的是"中国书籍文学馆"这批实力派作家，这些人我大多熟悉，有的还是多年朋友。从前他们是各不相干的人，现在，"中国书籍文学馆"把他们放在一起，看到这个名单我忽然觉得，放在一起是有道理的，而且这道理中也显出了编者的眼光和见识。

当代文学，特别是纯文学的传播生态，大抵集中在两端：一端是赫赫有名的名家，十几人而已；另一端则是"新锐"青年。评论界和媒体对这两端都有热情，很舍得言辞和篇幅。而两端之间就颇为寂寞，一批作家不青年了，离庞然大物也还有距离，他们写了很多年，还在继续写下去，处在最难将息的文学中年，他们未能充分地进入公众视野。

但此中确有高手。如果一个作家在青年时期未能引起注意，那么原因大抵有这么几条：

一、他确实没有才华。

二、他的才华需要较长时间凝聚成形，他真正重要的作品尚待写出。

三、他的才华还没有被充分领会。

四、他的运气不佳，或者，由于种种原因，他的写作生涯不够专注不够持续，以至于我们未能看见他、记住他。

也许还能列出几条，仅就这几条而言，除了第一条令人无话可说之外，其他三条都使我们有足够的理由对这些作家深怀期待。实际上，中国当代文学的丰富性、可能性和创造契机，相当程度上就沉着地蕴藏在这些作家的笔下。

这里的每一位作者都是值得关注、值得期待的。"中国书籍文学馆"收录展示这样一批作家，正体现了这套丛书的特色——它可能真的构成一个场所，在这个场所中，我们不仅鉴赏当代文学中那些最为引人注目的成果，而且，我们还怀着发现的惊喜，去寻访当代文学中那相对安静的区域，那里或许是曲径幽处，或许是别有洞天，或许是，众里寻他千百度，蓦然回首，那人却在，灯火阑珊处……

自　序

文字和书法在某种程度上一样，优美之处必能让人欣赏回味。

当我读完自己的文字时，唯存点感动，再找不到美丽的字眼。没有跋涉过千山万水，自然领略不到旖旎风光，这或是为自己最好的开脱吧。

漫步在水泥大道上，听远处的鸟鸣，看沿河的菜园，还不曾忘记自己仍是这水乡的孩子。

我的世界很小，清瘦在日日黄昏的灯光下，与书相伴，静谧淡然，没有那烛影摇红的辛苦与浪漫。

我的世界很美，感动在小小生命的绽放中，情景相融，童心不泯，没有那大爱无疆的辽阔与豪迈。

我，只是受尽磨难后、羽化成蝶的小女子。

若是你愿分享，掩卷，定会累了你的双眼。请莫怪这没有色彩的文字，她只是小女子真实的记述。看过，可以忘却。

若是你愿分享，或许会动了你的情丝。请原谅那点滴过往的烦扰，泪水已化成三月最柔的春风。懂得，因为感恩。

爱我的人，给我幸福；关怀我的人，予我快乐。还有更多，只是因为心的纯真与善良将我点亮希望和梦想的人，我将装满记忆的行囊，温暖一生。

我爱的人，让我有了责任；我爱的生命，让我有了微笑。从容在蓝天白云下，将一花一草都视为知己与美好。

感恩自己的存在，感谢你给我的精彩！

目录

第一辑 生命如花

曾园春早 / 002

也是生命 / 005

生命如花 / 008

爱美的女孩 / 010

小药芹 / 012

夏之裙 / 014

咪咪"小黄" / 016

落叶遐想 / 018

不在笼中的鸟儿 / 020

走过老桥 / 022

三　月 / 025

青青马兰头 / 027

家有"小白" / 030

水乡的菜园 / 033

桂花飘香 / 036

你好，公交车 / 039

城市的花边 / 042

第二辑 因为有爱

传　奇 / 046

有爱就有未来 / 051

如花似水 / 053

聚散两依依 / 055

泪花儿流 / 057

童年的歌 / 060

秀　发 / 063

幸　福 / 066

"你父亲是谁？" / 068

宝贝认错 / 071

回　家 / 073

妈妈的心 / 076

爆竹声声 / 078

父　亲 / 081

春暖花开 / 084

往事如烟 / 087

风雨同路 / 089

饭盒上的划痕 / 091

今夜无眠 / 093

第三辑 人在旅途

有爱，就没有沙漠 / 098

一路阳光 / 101

鼋头渚点滴 / 104

这样的遇见 / 106

人在旅途 / 108

空空的轮椅 / 111

雨后漫笔 / 113

不老的歌 / 115

好姐妹 / 120

虞慕堂 / 123

冬　妹 / 126

隔壁阿哥 / 129

我的老师 / 131

敬　酒 / 134

老朱头的面 / 137

一样与不一样 / 140

让我们一起微笑吧 / 143

第四辑 书香佛缘

一片冰心在玉壶 / 146

佛　缘 / 148

静　夜 / 151

书法课 / 154

拜　佛 / 157

献经文 / 159

我的书迷 / 162

写春联 / 166

书香萦心 / 169

书之道——观央视《中国书法五千年》遂得 / 171

语言是露文学是花 / 174

我与《常熟赋》/ 180

跋　丽日洒照本无意　萍荷动波性自空 / 184

第一辑

生命如花

曾园春早

还没到曾园,一路上已是满眼的春色和江南的韵味了。

曾园,是晚清著名小说家曾朴的私家园林。

小桥流水,柳芽轻吐。去曾园的路上,马路旁,小河边的景致已让我目不暇接:参差的树木,酒红色栏杆,假山、石雕,还有一两处断垣古墙的遗址,拉开了我没有任何准备却想一见曾园的序幕。

今天是三月的第一天,料峭春寒之下,我举着相机,循着曾园的标记款款而来,一条古城内河守护着她的南面。走过永春桥,我看到曾园的大门了。进得门来,正中照壁上写着"虚廓村居"四个行楷大字,壁后是"归耕读课庐",该是曾朴家人世代读书的地方吧。一株参天的香樟树挺立于庐前,几百年的沧桑在它的四季轮转中演绎。一位打水的阿姨从一间小屋中走出来,静静的大园子里,只有我和她轻轻的脚步声。我小声问道:"怎么走啊?"阿姨笑了,"随你怎么走。"我也笑了,进来了,何愁怎样走呢,怕是误了哪处景致,不敢懈怠吧!

园林东侧是砖砌的围廊,壁上嵌着一块块石刻,有秀丽的小楷,精到的行草。我细细欣赏,这是翁同龢、李鸿章等人写的两部书刻《山庄课读图》和《勉耘先生归耕图》。一路看下来,我的眼睛还是酸了，因为在玻璃里，反衬着对面葱绿的树和隐约的亭台。我迫不及待转身望去，园中亭榭假山，修竹古树，隐约之中，微波荡漾，桥桥相连。穿廊登"琼玉楼"下，又临"揽月亭"，望池中景致非凡，园中央清池一泓，源头活水从外面的护城河流入。池中架以南北、东西向两条曲桥相交于池北小岛，遂将湖面分成几大片，前后相对，左右相接。若是盛夏，池中荷花映日，莲叶接天，乃至月下，人影依旧徘徊在山光月色之中，如临仙境一般吧！无怪乎看的人会题上"澄潭一轮月，老鹤万里心"。有如此美景，老又何妨，有毕生追求，天涯又有何远？

来至东北角，登上"诗柳"望对面"云影"，这是柳堤双桥。嫩绿的柳丝轻拂在两岸，如两列含羞的娇娘在低吟浅唱，为第一次踏进曾园的我开道欢迎。无论我站于何处，我的相机里都只有一个美字，或远或近，或俯或仰，步步相移，处处美景。亭与亭相望，桥与水相连，古木葱茏，黄石假山，与主人题写的"小有天"真是亲和，这其实一点不小的园子，以水为主，布局精巧，凝聚了主人多少智慧与情思！

越过双桥，至西北角，便到了"清风明月阁"了。柱上雕刻着"流水时引知者乐，清风日与幽人言"。这一泓清池宛如天上虹，忘忧解愁之外，清馨在目，闲适在心。无论哪一日，哪一刻，相携友人，看不尽眼中景，说不尽心中情，可谓志同道合，亦云淡风轻。

虽是早春，粉红的月季花瓣已零落满地，青青的翠竹矗立在西园角落。身旁一条窄窄的小溪蜿蜒在前方，水下种着我叫不出名的尚未开的花。一株株梅花在西园蔚为壮观，一大片，一大片，开得正旺。粉红的，银白的；含苞欲放的，整朵绽放的；一朵朵，一簇簇，在枝枝丫丫中奏着一曲傲骨的歌。院墙边的青竹与金黄的迎春，围着这梅花山房。远方是虞山青黛，近处是亭榭楼台，这早梅在中，可是绝佳之处。我的手冻得通红，眼睛有些疲劳，然而，我不想停下来。静静的园子由我独享着，水色树影，天开画境都为我一个人铺展。

我不虚此行。赏过梅花，我来到"娱晖草堂"，在"曾朴纪念馆"中一睹这位名闻海内外的晚晴文学家留下的著作。看了详细的介绍，还有一本本脍炙人口的原稿，让同为家乡人的我自觉形秽——时至今日我才来，是多么不应该啊。不禁想，是他让园子有了名气？亦是山水赋予了他更多的灵气？还是他躬耕勤读、笔耕不辍，假以山水为伴，明月相邀的结果？

"大笔果淋漓，野史一编传孽海；老成又凋谢，文宗千古仰虞山。"这是柳亚子敬献于曾朴的，更是写给后人看的。当我走出曾园，回望虞山的时候，清脆的鸟鸣声从林中传出，那么大的园子全然掩映在古树之间，静静地等待黄昏，再重复黎明。

我想，我以后还会常来的。

也是生命

那是农历的四月初一,我走在太阳初升的上班途中。不远处,桥边的垃圾桶边,传来无助的"呜呜"声,我走近一看,是三只还没睁开眼睛的小猫。一只黑白相间,一只黄里透白,还有一只周身带着一圈圈条纹——妈妈说过的最好的猫。

好可怜的生命,怎么这么小就被扔了啊?我的脚步再也无法前进,折回身,匆匆向原路返回,我要去找一只能装下它们的盒子。因为离家还不远,附近那些阿婆、老伯问我:"怎么又回来啦?"我把猫的事说了,他们很快就给了我一个大盒子。等我再蹲在小猫面前时,一位四十多岁的妇女已经把那只带一圈圈花纹的小猫抱在了怀里。我笑着指指她抱着的猫,"这猫你要了吧?""嗯。"她应一声,走了。刚刚还有些埋怨扔猫之人的无情,转而温暖起来。

我小心地把剩下的两只猫咪抱在盒子里,匆匆跑回家里。我找了找昨夜吃剩的鱼,拿小盘子放进盒子里,下面垫好两层布。我想给它们有个温暖的家。然而它们蜷缩着,还是那么恐惧着外面的世界,我忘了,它们还那么小,怎么会吃我给的食物呢?它们还是要趴在妈妈的怀里呕着奶头的婴儿啊!

那天我让它们挨饿了。

下班回家，我去超市买了一袋奶粉，泡了一点，拿小勺喂它俩吃。令我失望的是，它们根本不会吃，这下急了，怎么办？妈妈见我愁眉苦脸的样子，安慰道："我知道你好心，可它们太小了，还是把它们扔了吧，你肯定养不活的。"我不死心，还是拿勺子一点点地喂，可它们的确不会吃。我不禁想起它们的妈妈，肯定在着急地寻找自己的孩子。

　　我又一次跑向超市，买回了婴儿用的奶瓶奶嘴和猫粮。赶紧泡了奶粉装进奶瓶再一次喂它们，这下，它们"咕咚咕咚"地吮吸起来，像孩子吃妈妈的奶一样贪婪着兴奋着。我开心起来："妈，你看看，它们饿不死啦！"我让它们有了生的希望，即便没有母亲的怀抱。

　　此后的一个月，我按时每天给它们喂四五次奶。虽然自己比以前更忙碌，虽然它们在我的照顾下还那么柔弱，虽然到我家的每个人都说它们活不长，可我依然不放弃！

　　我家的"小白"（小狗）也和它们有缘。从前，我从别人家抱回来一只已经会吃饭的小猫，才几分钟，它就把猫咪吓得四处躲藏，以至蹿出了还没立足的新家，逃之夭夭了。而今，或许它也同情眼前的弱小，不哼一声，更没有赶它们走的迹象。我和儿子对着"小白"傻傻地告诫它："你现在是妈妈（因为它刚在喂自己的小宝宝），能不能再当一下它们两个的临时妈妈啊？"小白眨眨眼，似乎同意了。于是，我们叫它躺下，抱着小猫去吃它的奶，小白竟真的乖乖躺倒了，即便小猫趴在身上它也不动。小白其实倒真想做个母亲的，可小猫不配合，硬是不吃。妈妈在旁笑了，"你们两个傻孩子，它们怎么会连妈妈的气味都闻不出呢？"

　　两个幼小的生命就这样艰难地活了下来。有时有别的孩子来我家，看到它们一点点地长大，都很高兴。我会自言自语："没妈的孩子好可怜，你们啊，多幸福，好好珍惜，好好长大！"

十多天后，小猫能吃猫粮了。再过了半月，它们会吃点鱼了。一天天地，它们的毛越来越顺滑，也不那么柔弱了。我把它们抱到阳光下，轻轻地抚摸它们，它们也温暖地享受着。邻居看见了，都笑我说："看你，真像个孩子，还高兴养它们，还真被你养活了。"我笑笑回答："它们也是生命啊！"

如今的它们都已经长大了，"大黑"（黑白相间的那只）很贪吃，所以吃得肥肥的，像调皮的小男孩，有时把盆子从桌上摔到地上，有时跑到楼上就是不肯下来，还喜欢和"小黄"嬉闹玩耍，把不喜欢和它玩的小黄惹得喵呜直逃。小黄是个腼腆的"女孩"，不闯祸，喜欢坐在我腿上，睡它的美觉。我有时写作不想它打搅，连赶了三次它才作罢。每天放学，小黄在小屋边"喵喵"地望着我，在说"我饿了"；小白呢，早已甩着尾巴向我的车子跑来，等我从电瓶车上下来，它抬起两只前爪非给我一个"拥抱"；小黑玩得最野，总是等小黄开吃时才突然冒出来。有这些可爱的生命相伴，我也如孩子一般天真了。

生命如花

走在春光里，满眼的青山绿水、蜂舞蝶回，都三十多岁的她，依旧笑颜如花。

花儿离不开阳光、空气和水，就像她总是离不开牵盼她的爱人和孩子一样。有一回，她上班把手机落在了家，知道他准点打电话没人接肯定会着急，就赶紧上qq给他留了言：手机在家，勿念。中饭时，看见他的回话："看你，又瘦了，等会多吃点饭啊！"她一怔，才想起前天是往他邮箱里发了几张照片，这会肯定在看呢。照片上的她在喂两只瘦骨嶙峋的小猫喝牛奶，儿子觉得有趣给拍了下来。尽管那些话她都差不多能背了，可在他嘴里说出，在她耳边响起，竟没腻烦，还说得她心里甜滋滋的。

十多年了，他们就这样，既遥远又切近，平凡的日子，每天差不多时段响起电话，每次听着彼此的忙碌和唠叨，日子过得如水一样的安逸满足。难得一两次听到那头不一样的语气语调，她一准能猜到他喝多了，于是装作生气的样子："叫你不许喝多的啊！"他呢，乐呵呵地说了一大堆迫不得已，请她谅解的话。等第二天早上那头问她："昨天我说啥了？"她嘻嘻一笑，神神秘秘地告诉他："你呀，啥都说了，就一个字没说。"千里之外，远吗？可怕的是在一起的只是人，而不是心。心连着了，天涯也是咫尺。暖暖的话，平凡的爱，在如指尖流淌的岁月里，开得和花儿一样甜！

她最喜欢李之仪的那首词："我住长江头，君住长江尾，日日思君不见君，同饮长江水……只愿君心似我心，定不负相思意。"她想，作者还把祝福寄于对方，而自己和他，还用这般寄予么？想着，眼角也笑了。

生命也如花儿一样！

花儿要经受风雨，才开得更艳。即便哪一天凋谢，也无怨无悔。她喜欢听幽怨的《葬花》，但在怜花的同时，并不哀怨而不能自拔。因为，她想得更多的是经过风雨的洗礼，那鲜嫩的花儿曾绽放开了最美的生命，洒落尘寰的时候也该是坦坦荡荡，为何要伤心落泪呢？这应该是生命的灿烂与辉煌，等得花开，何惧花落；美丽而来，含笑退去，这才是生命最终的轮回。昨晚一夜的风雨，气温骤降，今早看到了校园里被风雨打落的树叶、花瓣，真有些不忍，可一阵阵清香却比往日更清晰可闻。那小小的含笑花瓣，有的洒落在地，有的依旧立在矮矮的枝头，停下脚步，那阵阵的芬芳立刻在鼻尖、心头荡漾。

喜欢裙子的她，很多时候都会披下一头长发，步履轻盈地走在自己的路上。喜欢抬头看看天边的云朵，会想他那儿更蓝的天空；喜欢凑近那茂盛的香樟树叶，闻一闻葱翠欲滴的新绿；喜欢和她所认为的一切生命，如孩子那般天真地对话。她像一朵还在开着的花，里面装着点真善美的可爱与芬芳。因为风雨曾经的洗礼，没让她凋零在最美的春季，于是她开得如此欣然、更加坚韧。她明白，青春之花可以不再，但生命之花可以朝气蓬勃、光彩熠熠。

生命如花儿一样，开在自己的路上。有过的风风雨雨不是苦，要尝的酸甜苦辣都是福。如果那段辛酸痛苦还会让你的眼角湿润，那么她会笑着告诉你，这就是生命的雨露，幸福的源泉！

爱美的女孩

女子天生就爱美。我打小爱美就不足为奇了！

孩提时，每次看到母亲换上新衣，便闹着哭着也要穿。每当路过那花花绿绿的发带铺子时，小脚停下，拽着母亲的衣角直到买下为止，哪怕才一根。最滑稽的是，一年级时，我学着自己梳头，因为头发太短，扎不了小辫，可漂亮的蝴蝶结非要用上，咋办呢？小小的我先把丝带打成一个漂亮的蝴蝶结，然后用发夹夹在前额的头发上，十足一个傻丫头！母亲告诉我的时候，我咯咯地笑，"那你怎么不阻拦呢？"母亲说："有时，一天你要换两身衣服呢！那时还小，又不怕难为情，我随你喽！再说换来换去就那几件衣服，没钱给你买，也不拦你了。"

五六年级了，有些知道如何打扮才算漂亮，可衣服不舍得多买，母亲就变着花样来打理我的长发。那时，电视里的小婉君是我喜欢的模样，母亲就学着婉君的样子帮我梳头，先编两只小辫，再朝里挽上，然后扎上蝴蝶结，最后，得意洋洋的我，会朝镜子里左看右看，撅着小嘴偷偷地笑！

十七八岁的时候，依然爱美，却懂得了父母的辛苦。母亲想让我买几件新衣带去学校，怕人家看不起乡下孩子。可每回总是被我拦下，穿着整洁的旧衣裳和校服，一样美滋滋的。我正儿八经地对母亲说："成绩好，人家才不会看不起，你别为我担心啊！"我努力读书，勤俭生活，穿着简朴，没觉得自己不美。

那回，我和好多师哥师姐一起参加太仓市中专组的现场书法大赛，我幸运地得了一等奖。老师又高兴又意外，因为当时的我，才学了一年多书法。比赛的前一夜，司马云云把她那件漂亮的白衬衫送给我，让我第二天穿上。那衬衫的领子处绣着亮片和珠珠，是我从未穿过的丝织品。比赛结束，举办方和电视台来摄像，电视中的我优雅大方，手中捧着一等奖的证书，还带着愕然的眼神。美，需要内涵，那时不懂，可分明已经在追寻。

岁月匆匆，如今的那个傻丫头已经过了如花的岁月，但爱美之心始终没变，只是懂得了怎样打扮才是最适合自己的，简单纯净，优雅大方是外表美；自信善良，充实快乐是内在美。

所以，工作之后的穿衣打扮，还真的像人家说我那样，"端庄文雅"了。人，有时很奇怪，你的心向往着什么，向着它去努力，你就会越来越接近什么。美也是一样，外表再漂亮也只是让人眼前一亮，不能长久地飘香，倒是人的品性可以影响自己的容貌，气质是举手投足间散发的魅力，这种美才经久回味，无懈可击。

当我每天照着镜子，信心满满地走向单位，嘴角那丝微笑不吝啬给一人一物时，我想，我已经是美的了。

小药芹

墙角边，河岸旁，从未像今天这样注视过它的我，刹那间收获了欣喜与钦佩。

看那朝阳孕育给万物的力量，只几分光芒，却已一片生机。每一棵小小的根生出了细细长长的茎，每一根细长的茎之末端再连着挨挨挤挤的叶，它们相互慰藉，终以蓬蓬勃勃的生命迎接每一个朝夕，每一次冬寒。鲜嫩些的茎叶绿得白些，壮实些的绿得深些。这些鲜亮的生命，带着它们独特的清新药味，不染一点蚁虫之迹，在郁郁葱葱的蒜苗、冬菜旁，它算得上是柔弱的女子了。然一大片的长势和鲜活足以给我带来欣喜，带来满足，有点发现"风景这边独好"的惬意。

小药芹区别于水芹菜，也不同于西芹（俗称美芹）。讲究的人家，招呼客人时，要把菜叶摘掉，拔一把小药芹，切成小段，与肉丝煸炒，无需很多调料，清清爽爽的一盘地道江南小炒，已是美味与健康共有了。若是与豆干炒成纯素，那是血压高的人必备的佐菜。多数人家自己炒时都会把菜叶留着，他们想着，这鲜嫩不染半点虫咬的健康蔬菜，怎舍得去其精华呢！有点贫血的我血压也偏低，中午在学校食堂里吃过几次西芹，不到一个小时竟有点头晕，从此作罢，难得馋了夹几根尝尝，再不敢贪嘴。也因此，在自己家的菜园里，妈妈不种药芹之类的蔬菜。

近日，一位作家好友让我去农家菜园寻找小药芹的踪迹，拍几张照片，用做他新书《野菜部落》的插图。同事们出谋划策，给我指点迷津，还未等我去别家的菜园寻找，在自家屋后的小河边竟发现了它们。

其实它们早早就在了，而我只顾眼前的路，而忽视了它们的存在。那条路是我下班后打开水的必经之路。我喜欢看蓝天白云神游片刻于世外，喜欢欣赏古曲美文倾心蕴藉安胸怀，还喜欢在自己的天地里，一笔一画觅书海，我没想到，自己竟何时如此不屑地将身边的它们不入于眼，无所与思？我何此与平凡的生命擦肩而过，甚至视而不见？昨天的我会和素不相识的环卫工人以微笑相迎，今天的我也要给脚下这片鲜亮的生命以诚挚的感谢。

夏之裙

喜欢夏，特别是不炎热的初夏，是让人最惬意的。早晚带着丝丝凉意，正午太阳下走走也不会汗流浃背，连晚上也难得有蚊虫来搅和，这样的夏，谁不希望能长久些呢！

原本我并不这么喜欢夏天，但自打懂事起，能在夏天开始有裙子穿，就慢慢喜欢上了这个飘逸的季节，而且随着年龄的增加，这种感觉也渐渐深刻起来。很羡慕现在的小女孩，一年四季都有漂亮的裙子，那乐滋滋带点骄傲的神情也更增了几分可爱，可我小时候却享受不到，有裙子穿的是几个小伙伴，都是家里条件好的，飘逸着长裙的她们总是让自己暗暗的羡慕，似乎穿着裙子，她们就高高在上了，把自己比到了九霄云外。

从花季一路走来，我总算有能力可以享受属于自己的美丽了，于是各种各样的裙子也多了起来。或许女人天生就爱美吧，裙子一定是自己衣橱里的最爱。

裙子，尤其是连衣长裙，飘逸着灵动的美。优雅轻盈地踩在路上，恍然间自己便是个舞者，抬起头，望望蓝天，忘记了车水马龙的喧嚣，高跟鞋轻触地面的声音成了有节奏的乐曲。眼前多的是美景，心中多的是快乐，每一回飘动的裙摆，都带着满满的自信与美丽。两手提起它，在无人的时候悄悄转一圈，做一回美丽的天使。儿时的梦，现在还那么清晰！都说女人像个孩子，爱哭爱笑，在爱人面前，在漂亮的裙子里转悠。我就是个天真的孩子。

在初夏的清早，出门套件黑色或白色的短外套，里面总是换着各种款式的长裙，不会着凉，更带一番风韵。素色一点的是藏青色底子点缀着白色小碎花的；雅致一些的有如泼墨的山水画；高贵一点的是淡粉色镶花边的不开叉旗袍；活泼一点的有棉质的背带裙。喜欢有收腰下摆飘逸的长裙，风儿拂过的时候，我也如花一样绽放开来，即便不在山林，不在花丛，这份飘逸、静谧之美，自己也会快乐独享。

如果都是女人在一起时，当长裙翩翩的她从你身边经过，你也不由得会多看一眼，因为那份灵秀清逸的魅力是无法阻挡的。女人和裙子的情结一生都不会割舍，即便老了，我想，我还会喜欢，哪怕自己不再有好身材，一样可以自信，可以微笑地漫步。

女人如花，即使没有花的年龄，美丽依然充满心田。女人似水，细腻温柔、大方自信在岁月的叠加中也有着永恒的魅力。在每个穿裙子的季节，夏是最浪漫的。月光下的我舞不好美丽的恰恰，然而在长裙相伴的每个日子里，心也随着轻盈的脚步轻舞飞扬。

咪咪"小黄"

"小黄"是我从垃圾桶旁捡回来的两只小猫中的一只。那会,它才刚睁开眼睛,黄白相间的毛,嘶哑的声音里充满着绝望和恐惧,我蹲下身子,把它俩抱回了家。

头一个月时,"小黄"很瘦弱,周围看到它的人都说养不活,而我却相信它一定能活下去。即使没有母亲,新生命也都存有继续生存的信念,更何况它现在有了我,而我又那么信心十足,就好像相信丑小鸭一定会有一天变成白天鹅一样。它是我用奶瓶喂大的。饿极了的小黄咬住奶嘴不放的那一刻,我好兴奋,十几天后,它能吃猫粮了,再过几天,它能吃小鱼汤了。看着它一天天长大,一天天变化,我这个陪伴它开启生命历程的守护者,也在慢慢感受着它给我带来的快乐。

"小黄"害羞,像个腼腆的女孩。有一天晚上,它躲在家里没出去。次日清早,妈妈起床闻到了臭臭的味道,拿着扫帚追着要打"小黄","小黄"被吓得逃出去了,一连三天没见影子。我很失落,我不想就这么失去苦苦喂大的它。直到第四天,爸爸在河边的小屋里发现了它,已经饿得皮包骨头了,我唤它回家,它不听,我把它抱着关在了屋里,在猫碟里放了满满的食物。我欣喜,眼前的"小黄"多像犯了错怕责骂的孩子重新回到父母身边一样啊！如果它一点不懂，为何不走得远远的呢？从此以后，妈妈不再呵斥"小黄"了。

"小黄"小的时候，由我伴着，大点以后，是"小黄"找机会来伴我。白天看不见我的"小黄"，只要我下班回家坐下写字，或是晚上，它总会准时来到我身边。先是跳到我坐的长凳上，看我不做声，伸出前爪，慢慢挪到我腿上，蜷缩好身子，小心翼翼靠在我怀里。毛茸茸的身体贴着我，开始"嗡嗡嗡"地呼吸。有时竟没一点声音，想是睡着了，我真不想打断它的美梦。听舅妈说，猫发出这种声音是在念经呢。我偷偷笑。不知小黄独自的时候，也是这样念经打坐吗？或许它时常会躺在草垛上，懒懒地晒太阳；亦或会被"小白"（我家小狗）给汪汪地吓一跳，逃进小屋；还是被它不愿意在一起玩的"小黑"（另一只小猫）硬搅合着打闹呢？

我安静地写字，它就这样美美地躺在我腿上，为了让它更温暖，我在腿上盖了一件有帽子的棉袄，这样一来，它刚好躺在帽子里了。毛绒绒的帽檐碰到它毛茸茸的毛，大概痒痒的，它的耳朵就一动一动。不过它也不会一直有这样的美事，因为我要写作品时是必须赶它走的，它呢，又像个可怜的孩子，我抱它下地，它又跳上来，第二次，第三次，等它再想上来时，只有挨批了。如此，恋恋不舍走了，等待下次的温暖。

去年年底，有一天，我和爱人带着儿子出了趟远门。父亲打电话说，家里的小黄，第二天就去了小屋，怎么唤也不肯回家。我思量，是它胆子太小，怕我不在家，没有了它想要的安全和温暖吧！父亲只好每天把食物送到小屋里给它吃，哎，或许它和人一样，缺少了爱和信任，也容易失落和想念吧。

我在心底说，小黄，等我回家啊。

小黄真是懂我的。那天我一进家门，它就从河边的小屋跑出来迎接我了。晚上，我在灯下定字，它照例又跳到了我的腿上。那天我没有赶它。我让它在我腿上美美地睡一觉。

落叶遐想

拾起一片香樟树的落叶，我知道它已是春风吹皱经年的叶，如今飞飞停停如色彩斑斓的精灵。我闻着春天的味道，细酌秋意的阑珊，一声感慨：春，谁能挡？

当成熟走向极致，落叶不再是飘零。它是洒脱，是放手，是一次坦坦荡荡的回归，是一种心心愿愿的离开。生命是一次轮回，新与旧，生与死，消与长，在这个浩瀚的宇宙中，都是过往的微尘。

好友陈武新写了篇美文《曲园书香》，发给我第一个欣赏，全文情景交融，字里行间充满着他对俞平伯先生的无限敬意与深情。我没有如他那般细访过曲园，也未曾好好读过俞平伯的文章，只有之前看到俞平伯用古朴的小楷写成的《忆》，那也是在网上瞥见。读罢，除了更加倾慕好友的才华之外，便是记住了俞平伯之曾祖父俞樾的那句名诗"花落春仍在"，像永远镌刻在了心头，萦绕于胸怀。

"花落春仍在"，这与幽怨的葬花惜春是何等的不同，看尽繁华，不消沉，不伤感，却是铮铮铁骨般的豪情，在内心发出炽烈的呼唤。状元及第是他一辈子的梦想，就如年年花开，春天再来一样的等待。然而真的在鬓发花白之时，他实现了梦想，即将功成名就，却把它让给了别人。花即将凋零，可心无所畏惧。那花开的过程，奋斗的一生，已将生命点亮成最美的辉煌。落下的是残红，也是永远的风度。短暂即是永恒，因为美丽而来，才潇洒而去。

心的感应，情的挂牵，世间真善美的存在，我想，都可谓之"永恒"。美丽是一种过程，当生命走向极致，不是仅仅消亡，如眼前这满树的新叶，在阳光下绿得发亮，朝气蓬勃，不是一种新的延续和重生么？

或许人类比起自然要痛苦，七情六欲于人的心脑中生生不息，然而因为有心有爱，人类才能在宇宙中留下稍长的足迹，给历史留下一页页长卷，展现它无穷的魅力和希冀。

身累心累的时候，我会茫然，害怕丢了自己，找不到我的快乐。闭上双眼，让大脑拂去所有的念想，让身体舒展在广阔的草地，借着想象的翅膀，遨游于天地，奔走在山林。我知道，没有世外桃源，只有无边的心之世界。我避不开生活的辛苦，却懂得用心感受点滴的幸福。

望望脚下的落叶，再抬头看看那郁郁葱葱的新绿，俞樾老先生的诗言犹在耳，"花落春仍在"，是啊，这也是我一生的吟诵。

不在笼中的鸟儿

这是我第二次见到这只鸟了,暗黄色的羽毛,褐红色的小尖嘴,比麻雀大些,再无什么特别之处,决不可用漂亮来形容。

这回比上次还让我惊讶,它竟然停立在主人的电瓶车把手上,和主人一起穿梭在车水马龙的闹市中心。这样的场景,只一瞬间,便在我的眼中定格成永恒,久久都那么清晰。

第一次见到它和它的主人,是在一次公交车上。乘过多少趟车,也只遇见过那么一回。主人是个三十来岁的先生,戴着一副眼镜,衣着朴素,其貌不扬,若不是因为那只小鸟,见过一回就会忘的。他坐在我前面,左臂自然弯曲,前肘一直伸着,那上面竟停着一只鸟儿。这情景,我还第一次遇见。没有笼子的鸟儿,不会飞掉么?正当我疑惑时,鸟儿动了下,细细的腿上原来牵着根长长的线,主人的右手从衣袋中拿出一个瓶子,一只手从容地拧开瓶盖,倒几粒食物在手心,随后把瓶子放回口袋。我想,他定是摊开手掌让给鸟儿吃食了吧。出乎我意料,当他的右手往空中一扬,小小的颗粒在空中飞落的瞬间,鸟儿扇动着翅膀,扑棱棱地飞向食物。有的吃到了,有的落在地上。主人似乎还不太满意,又重复了几次。他的嘴角洋溢着微笑和自足,全然没有旁人存在似的。这一刻,我又惊呆了。

过了一小会儿，主人又拿出一个小瓶，从里面倒了一点水在手心，鸟儿低飞到他的手中，心满意足地喝着。在《动物世界》中，我经常看到人与动物和谐相处的场面。这一幕，我亲眼所见，感动至极。

那鸟儿是他的伴儿？亦或，他是鸟儿的伴？他为何不把鸟儿关进笼子，拎在手中？是他有颗自由的心，也要让鸟儿享有自由？那为何不放走它呢？是他喜欢它、不舍得放吧！

那鸟儿一定和他有着很多的故事，而我，只能假设，只能胡思乱想。但我知道，他一定很爱那只鸟儿，他想鸟儿常伴在他身边，所以陌生的我，能在无意间遇到两回，若我常在市里，岂不见得更多。

将来的日子里，我盼着再见到那只鸟儿。我想看看那细长的线还在不在鸟儿的腿上？希望它飞走了，归于无际的天空；或是还与他形影相随，如知己一般，再不用任何的束缚与羁绊。

走过老桥

早春的暖阳下,我带着相机走出家门,去小桥两岸走走,看看二十多年后的老街,看看老街上斑驳的老墙,看看河道里破旧的船店,追忆浮光掠影下远逝的童年。

这一条长长的河,称"外河",我猜,它是相对于村子里与它相接的"里河"叫出来的,外河从最东边一里外的外婆家流向我们村,再从我们村子后面一直往西,流到它想去的地方。河的南面叫双浜,河的北边叫洞泾,不管是浜也好,泾也罢,家乡的小村子总是和水、和桥同生共长,哪怕少了昔日的景致,这些村名,桥名,站名,总能让我们亲切得如熟人一般。

说起来,在我的家乡,叫"泾"和"浜"的村子有很多,沙家浜的名气最大,我所在的学校,和我们村只一河之隔,就叫洞泾了。在我们周围,带"泾"的村子,真的数不过来,什么项泾、沧泾、塘泾、贵泾、马泾、王泾、黄泾、张泾,还有凤凰泾,望文生义,就知道这些村子都是临水,和我们双浜的"浜"如出一辙。

河水轻轻流淌,默默滋润着两岸村庄的儿女。在两三百米的两端,有两座桥,这在水乡是常见的。一座已经重建,通向洞泾新街,一直延伸到市里,每天车水马龙交会于桥,脚底能感受到它沉沉地呼唤。另一座通向老街，儿时热闹的场景已不复存在，老得已很少有人去光顾了。童年时，这老桥通向一条老街，老街有多热闹，桥也自然有多热闹。而今老街只留了空名，街上建起了民居，老桥上也寻不到往日的风景了。听妈妈说，她小的时候，那桥就很旧了。我扳扳手指头，那可至少有百余年的历史了。我问妈妈，老桥叫什么啊，她说叫"大王庙桥"。桥下几米处有个小庙，庙虽小，却灵验。我十来岁时，就清楚地记得，几辆上海的大巴车每年都会载来香客，在这个庙里烧香拜佛，至于庙里有什么灵验之法，我想，他们最清楚吧。

我是从洞泾新桥向西往老街出发的。桥下那艘停了十几年的船已经没有踪迹，我弓着身子从桥洞里钻过。我仿佛听到了船上的阿姨在和我打招呼。那时，船上开着小店，店里的阿姨有些口吃，也不太会算账，但心地善良，和谁都会说上一阵。小时候的我，经常跟在妈妈身后，去船上买东西，阿姨说我嘴甜，时不时塞给我糖啊、萝卜条什么的。船晃晃悠悠，看着他们在船上吃饭，还晾着衣服，心里猜想，夜深人静时，这船底的鱼儿会不会也来凑个份儿。远处的一个老大爷盯着我看，大概是笑我怎么从那桥底下冒出来的了。

继续前行，河岸与村子相接处，除了行人通过的小道，靠河的是一畦畦菜地。每家门前的那点土地，正儿八经成了自己的乐园。又是向阳，又有菜地，还每日听着、看着路过的行人声色，所以临河人家自有一番妙处可言。晒着太阳的老人有几个还是小时记得的模样，从屋子里串出来的孩童见我举着相机，笑嘻嘻地跟了上来。伴我六年光阴的小学校已经破旧不堪，连进去的大门也被泥墙封锁，大概是从别处另开了个小门，那曾经书声琅琅的校园该是隆隆的机器在作响了。

我来到了熟悉而又陌生的老桥了。一级级低且宽的石阶中间是一条斜坡，便于推自行车上下。桥栏杆是水泥柱子砌成的，虽没有古色之香，却相当坚固。偶见柱子边几条小小的裂缝，却也经受过百年风雨的洗礼了。桥有两米多宽，十多米长，连了两岸的村庄，倾诉着多少不为人知的故事。拾级而上，那远方的麦田和林子依稀可见，白墙黛瓦的新楼与斑斑驳驳的小屋相映成趣，多少旧事，多少新人，在各自温暖的屋里演绎着"平凡"。桥下就是妈妈说的那个庙了，今天不是初一月半，小庙没人看守，没人卖香。我向里微微张望，双手合十，恭敬地默拜一下，便在老桥之下欣赏来时的风景了。

往东绕过一点村庄，我可以在河南岸远望老桥了，突然发现，刚才一点没觉得美的老桥怎么变得优雅起来，像从未施过粉黛的女子被轻轻点了朱唇，化了淡妆一般。老桥的外墙下是一条红色的镶边，在镶边里还有间隔匀称的白色圆点。刚才水泥样厚重而坚实的近观，一下子被这远望的美景折服了。原来，它也如女子一般秀外慧中啊！这红色的镶边连同水下的倒影，似一弯朱唇，如一小镜框，吐着岁月的气息，嵌着流水的年华。桥上桥下、桥里桥外，走过的是脚步，回望的有时才更真实。对桥如此，别的，不也一样么？

别了，老桥，别了，一座座我已叫不出名字的老屋，儿时欢天喜地逛老街的那个女孩要和你说再会了。载着童年的梦，举着相机的我第一次与你这么近。然而再近，又留得了什么？水乡的桥下已布满没有农田的村庄与机器轰鸣的工厂，水乡的河里也时多时少漂着本不该有的垃圾，唯有那拎着篮子，或拄着拐棍的老人，在那一洼菜田里摘菜、耕种，嘴里还相互唠叨："送给女儿的！"

水乡的桥啊，是你连着我们，走出了童年的怀抱；是你连着别处的儿女，合成了江南的水乡。你如父亲的臂膀，坚实厚重把我养大；你如母亲的脸庞，美丽大方抚我心怀。你承载着村庄儿女淳朴如水的秉性，代代相传，把爱像你一样默默地送给你的儿女，不论天涯海角，桥与水相望，你与家相连。

如此，我经过了一条河，走过了新桥与老桥，从出发地画了个长方形，回到了家。

三 月

春天说来就来了!

三月的清晨,江南已是鸟语花香。走在虞山脚下,看不到车水马龙,没有一丁点尘世喧嚣。

我闻到了春的气息,花草在微笑,小鸟在吟唱,万物都那么欣欣向荣。当阳光透过云霭,无遮无掩地照在我身上的时候,我静静享受,身和心都在温暖里徜徉开去!

阳光映红了我的双颊,拂去了我的疲惫,撩起了我的思绪。沐浴着春光,我感受着温馨与甜蜜。背过脸,让阳光照在背上吧,就如爱人宽阔的胸膛把我揽在怀里一样,也是这般温热,这般亮堂。

爱人和儿子在远处的空地上放着风筝,从来没像今天这样自在的他们,时不时扬起一阵阵笑声。去年的此刻,他或许也回来过,可是短短的两三天后,他又会远去。偶尔陪儿子来放风筝,我的心中也藏着即将分别的忧伤,怎会无拘无束乐开怀呢!而今,他真的回来了,在一番思量之后,他斩钉截铁地说:"我要回来了!"十多年的别离,把四千多个日夜酿成了一杯杯相思酒;十多年的牵挂,让彼此品尝出每一滴的甘甜与苦涩。

曾经,在柳絮儿漫天飘舞的季节,可不是这样的啊!

我总是会问一声："远方的你，还冷吗？"

他呢？总是会告诉我，北国还是早春呢，下过雪，不是很冷，却依然瞧不见柳树的新芽、报春的桃花。他总是会说："累了想看看你"我说："看见我就如春天的到来么？"他说"是"。原来春天不一定真在自己身边，只要心里有爱，比阳光还要温暖的春天就会常在，暖身暖心！

那些春天，我如花儿一样绽放着自己的美丽，虽然我不再有花的年龄，虽然他不能常常看见，可我会用心倾听每一种感受。那些春天，爱如清晨的阳光温暖着彼此，虽然有思念和苦楚，虽然有无奈和彷徨，可彼此有温暖遥寄。

而今，我不需再苦苦期盼每一次的团聚，忧伤着再一次的别离。我们可以畅怀在无际的春天，莺歌燕舞，同在为我们庆贺。

春不能绵延四季，但是心中的阳光，心中的春天是永远不会消逝的。不论你的爱人能否相伴在身边，那苦苦的思念，或是甜甜的团圆，都如春天一样美好。

青青马兰头

早春，阳光舒展开笑颜，温暖地照在我身上。

我跑出家门，享受着无边的明媚，鸟鸣在耳际，唱着春天的歌。

妈妈让我去她厂里，拿炖好的萝卜汤。工厂不远，在隔壁的街区里。我一路走，一路看，村前屋后的青菜都长出了嫩薹，这儿的人叫它"菜茧"。冬天怎么都不会长出来，一暖和，它就发疯似地要开花结子呢？春的能量真巨大啊。人们把菜茧子折下一段，带着未开的菜花，清炒，水乡的味道就全融在了口中。

村街边，这些大大小小的菜地旁，小小的野菜也不起眼地甩出了嫩芽，和青青的野草相互追逐轻拂的春风。我看到了每年都会乐滋滋吃到的马兰头了。马兰头还很小，三三两两的，在河岸边冒出了瘦小的芽芽。

也许不到半个月，我们又能在校园的角落里挑上一阵子马兰头了，到那时，该是我们与春天最美的约会了，叫上几个没课的姐妹，拿几把剪子，去最密的青草中寻找它们。它们长得太旺了，隔年的根、经年的子，经过整整一个冬天，会冒出密密的一片，背阴的嫩，小；向阳的壮，老；也有在没醒过的发黄草皮中长得瘦瘦长长的，让我们看啊、闻啊迟疑了好一阵子才下手。有花有草的校园，我们早习以为常了，若是没有了这马兰头，一定会让我们念叨，我们就是从小挑着马兰头长大的的丫头啊。

今天是周日，爱人整理抽屉时，意外地找到了我初三时的一本旧日记。我们十分惊喜，争抢着看。我更是像是寻回了曾经的自己，小心翼翼地捧着。它是用一叠16开普通的白纸，在缝纫机上踩了线装订起来的，封面右上角画着一只伶俐的小燕子，停在开满花的桃枝上，艳丽的牡丹盛开在中间，各种各样的小花点缀在旁，绿叶衬着这些花朵，显得更美了。画中空白处，写了个大大的"春"字，这可都是出自我的手笔啊。我如获至宝，急急地翻开它，想看看二十年前我的字是怎样的，又会在上面写些什么。

翻着，看着，有一篇马兰头的日记引起我的注意。我轻声读起来，仿佛回到二十年前那个烂漫的春天——

"嘀铃铃——"放学了，每个同学的脸上都洋溢出兴奋的神情，怎么不会呢？六天半下来，我们都快喘不过气了。我骑着自行车，一路上心情格外舒畅，猛然才发现，外面的世界已是花红柳绿，莺歌燕舞了。这来之不易的半个星期天，我该做些什么呢？对，挑马兰头去！

我提着篮子，跑向一望无际的田野，接受春的恩赐，享受春的温情。田野边，小沟里，青青的小草，嫩嫩的野菜到处都是，在春风中舞动柔美的身姿，一簇簇，一丛丛的马兰头似乎在向我招手微笑。我蹲下身子，闻到了它们的清香。我用小刀敏捷地挑着，一棵，两棵，望着遍地都是的马兰头，我涌起无限的感激。妈妈小时候，你们一定是他们很好的菜肴了，而今，你们成了我们的美味。小小的你们贡献可真不小呢。我挑着，想着，灿烂的春光照得我满脸通红，当我的脚发麻时，篮子里竟满满的了。可惜，没多带一只篮子。

我哼着歌儿，在田间小道上欢喜雀跃。轻纱般的白云点缀着无际的天空，犹如在蓝色的锦缎上，用玉白色的丝线绣上了怒放的花朵。绿油油的麦苗，金黄的油菜花，这田野风光真美啊。

天空中飞来飞去的小燕子追逐着春的脚步，我飞快地跑回家，我也该去翱翔在自己的天空里了。

读完，我不禁笑了，家乡的田野只能在我的日记里这样记着了，那个快乐地挑着青青马兰头的小姑娘已为人母。二十年的邂逅，二十年的变化，是因为身心还在这片土地上。或许有一天，当校园里、沿河边都不再有马兰头的踪迹时，我想，我一定笑不出来了。

家有"小白"

"小白",是一条其貌不扬却很受欢迎的普通小狗。六年前,我带着儿子去亲戚家玩时,儿子看见它全身滑溜溜的毛,白里透亮,喜欢得把它抱回了家。那时"小白"刚会吃饭,加之儿子也小,好比孩子有了个玩伴,有它的日子快乐也多了起来。

"小白"从不伤人,它只喜欢不停地叫,特别是院子里有了异常的脚步声,它会使着劲儿拼命叫喊。白天如此,晚上更甚,连院子外不知多远的领域它都要管,又不敢上前追,也不安心睡,真是多管闲事吓唬人。或许是它太忠心,或许是想表现自己,苦得我有时睡不着就听半夜柴门犬吠声了。不过,小白懂我的话,我从床上爬起,拉开窗帘,望着月光下"小白"独自在院中的身影,说了句"白,别闹了,吵得我睡不着,被妈妈听见要挨打啦!""小白"呜呜地回音,带着点抱怨和亲近,不叫了。

租住在我家院子里的外地人,刚开始也这样,渐渐地,对着小白竟日久生情了。有的说,有"小白"在院子里,他们出去工作放心多了;有的说,听惯了"小白"的叫声睡得也香甜了。因为"小白"通灵性,陌生人第一次来,它准会叫个不停,若是做贼心虚之人来的话,那肯定被"小白"歇斯底里的叫声所吓走;若是来了两次，它便会甩着尾巴迎接你。于是，这样懂事的家伙，大家都喜欢上了，且它不是宠物狗，与人随便，容易亲近。就如我们和外地人之间没有身份的隔阂，毕竟大家都是劳动者，都能和睦共处。

有个漆匠在附近厂里做工，我从来不知道他哪件衣服是新换上的，因为每件衣服都染了五颜六色的油漆。他一个人住一间，早晚的院子里，经常看到他拉着小白的两只前爪在说话。他端着个大盘子吃东西时，常常会剩点给"小白"，火腿肠啦，鸡蛋啦，不管"小白"要不要吃，他都会叫声"小白，来！""小白"就甩着尾巴围着他转了。在他孤独和辛劳的日子里，小白一定给他带来些许快乐吧。

小白怀孕了。父亲在走廊里，给它搭了个小窝。或许是小白觉得不够安全，当我们不知它的去向时，第二天竟然在漆匠小屋的床上发现了它。血淋淋的它生下了三只可爱的狗崽，一只白，另两只都是黑的，肥嘟嘟，滑溜溜，我们又开心又抱怨，把人家的床当自己的窝了啊！其实如果"小白"不信任他，它会放心在他屋里生宝宝吗？动物也和人一样需要彼此的信赖啊！

"小白"像个小女孩，很乖又很哆的那种。我带远远每周日要去市里，每回它总是送我们到公交车站，到了那儿，我和儿子叫它回，它偏不，还在我们的脚边转悠。我伸出手，它就会把两只前爪放我手里，尾巴摇着甩着，甭提多高兴了，我说，"太脏了，不玩了。"它就匍匐在地，不许我走开的样子，我摸摸它的脑袋，它尾巴更使劲地摇。等到车来，我们上了车，它才肯回家。去年冬天，下了场厚厚的雪，我带儿子拿着相机出去拍雪景，"小白"也跟着，雪地里留下了一串串大大小小的脚印，儿子在雪花飞舞中捏起雪球扔"小白"，一个逃，一个追，我给他们定格了一张张自由欢快的照片，留给孩子永不消逝的童年回忆，也留下了大自然人与动物的和谐之美。

"小白"也怕凶凶的同类。有回，跟着我上街，走到桥上它还在，后来怎么也没见它影子，等我怀着疑惑到家时，它竟受了伤在家了。原来桥下还有条凶巴巴的会伤人的狗，这下，"小白"吃了亏。从此，只要我们上街，它就只送到桥上，再也不过桥了，还真是吃一堑长一智呢！

"小白"的故事很多很多，哪天晚上没有它的叫声，我敢打赌，父亲会失眠的。那次它跟着父亲去村上大叔家的柴屋里，父亲回来了，它却不见了两天，把父亲伤心得饭不知味，酒不知香，夜不好寐。等我发现时，它已经在家了，乐得老爸更加疼爱"小白"了。它虽然不爱干净，浑身的毛也没有小时候的光滑，加之我们难得给它洗澡，在别人眼里，"小白"是最不起眼的草狗儿了。然而，在我们心里，"小白"不仅仅是条好狗，它已经成了我们的一分子，和它说话，和它玩耍，就是个可爱的生命在我们的生活中鲜活跳跃。

水乡的菜园

我家屋旁有条小河,小河边是父母开垦的菜园,每天,在差不多同一时刻,他们总会在那儿忙碌一阵,或下种,或除草,或施粪肥,或摘鲜菜,细心地侍奉着每一种蔬菜,不让它们被杂草欺负,被虫子叮咬。小时候总是觉得妈妈很厉害,因为刚才还忙得不见身影,一会儿厨房里已香气四溢,一盘盘新鲜美味的菜肴馋得我没上桌就已偷吃了几筷子。

二十载光阴,就这么不经意间,把我从懵懂的姑娘,打理成一个有韵味的女子,也渐渐懂得了父母的辛劳。

即便是如今的水乡,老却了纯净的容颜,那又有何妨?

两岸的村庄里,经常晃动着婆婆的身影,在并不清澈的水中默默相视。叽叽喳喳的麻雀从细长的电线杆上停停飞飞,不小心舞动着早春的旋律。小河边,随处可见的一畦畦菜地,随着泥土的高低起伏蜿蜒在曲折,从桥下一直伸向目光所及的远方。斑驳的老墙露出最原始的面貌,即便刷上几遍白灰,也挡不住曾经的"红颜",越发在新建的粉墙黛瓦中展示着悠悠岁月的无穷魅力。

现在是正月元宵,雨水节气已过一周,鸟儿从天蒙蒙亮就争先恐后地开始欢唱。我有脱下棉袄的冲动,在阳光下多想着一身春装,去舞动妖娆的身姿。然而，这是万万不可的，阳光之处的暖与阳光背阴处的凉相互交汇着，时不时会要了风度丢了温度。可我，还是喜欢去屋外多拥抱些暖阳的。

我漫步在小河边，盘旋在一块块菜地旁，心有感动，幸有这脚边的绿，伴着水乡的河渠，告诉我，农村再开发，也还有着江南的余韵。我不想去看整洁宽敞、拔地而起的高楼，因为那儿会发出机器隆隆的声响，流出不为人知的溶液，侵蚀儿时老老少少都曾去嬉戏的小河。

这些绿油油的生命，在早春的阳光下蓬蓬勃勃，一片生机。它们在冰雪的锤炼下，已越发精神。长长的大蒜，叶子中还吐着冬的蜡黄；胖嘟嘟的过寒菜，挺着丰腴的身子，我能打赌，一棵就能煮上一大碗；小巧玲珑的金花菜，点着圆圆的头，伸着细细的腰，挤挤挨挨齐刷刷地笑。深绿的菠菜最俱严寒，经过冰霜，已脱去了初冬时的羞涩。在春的脚步下，它会和青菜一起哗啦啦地猛长，不仅往高里长，还要长出一个长长的薹，开出一朵朵花儿，方才罢休。圆鼓鼓的白菜，包着层层外衣也不愿把腰身舒展；零星的香菜洒在行与行、块与块的菜格之间，如小草般随风轻舞，自是天真可爱。还没苏醒的该是这莴笋吧，最不起眼的是它，然而，待到四月，我会晓得它会疯长，如今小的只有七八公分，一经春的蛊惑，它便让农家的餐桌上来不及享用，以至妈妈经常把它刮去皮，切成条状或块状在暖阳下晒干，密封，等没蔬菜的日子再取些浸泡，清炒，或和肉丝煸炒，都是一道味口上佳的菜肴。

哪儿有土，哪儿便有农家的菜地，没有大地方，那就见缝插针，连新造的小区里也没舍得空上一点。家家的小花坛没有鲜花，却长着密密的青菜、小葱。这暂且不论，连桥下的公共绿化带也被翻垦种上了蔬菜，第一回看见的草皮再也没有植上第二回。这倒省了村里的心，草皮还要派人管理，这一方方的菜地自有人打理得井井有条。

两年前，村子里新建条水泥路，是在村民原来的自留田上铺成的，路边还剩一条宽宽的土地，看着泥土，大伙心里喜忧参半。这剩下的一点土地总还是能种上点菜的，可村里要统一规划成绿化带。一年不到，整洁的绿化带中，几棵还没长高的树不知被谁偷偷砍去了，过一阵子，草皮也不见了踪影，再过几日，村民隔三岔五竟把各式蔬菜种上了。就这样，几个月的功夫，绿化带已成了长势良好的蔬菜园。待村领导巡视时，目瞪口呆，一生气，用挖泥机把菜地翻了个底朝天，想想这样还不能确保大家不种菜，就全部浇上了水泥，气得村民们哑口无言。

虽说有些不和谐，但细细算来，农村总还是农村吧，勤劳的人们愿意用双手开荒垦地，种些蔬菜，既节省开销，又比买的新鲜。村里已经没有一分庄稼地了，如果再没有这点自己种植的绿，恐怕是像不得城里，却苦过了城里。老人虽说有了医保，然而，他们总在这片泥土上生下了根，他们不会如城里老人那般惬意，哪怕拄着拐杖，还会看着自己门前屋后的一点点菜地，哪些要摘了，哪些需新种了。摘一些，也是头一个牵挂着或远或近的儿女，三轮车上，蛇皮袋里，能送去的送去，送不去的也会嘱咐着电话那头，几时回家带点菜到城里。

这些天，妈妈每顿都炒一大碗青菜，每顿都被吃得精光。香甜软糯，有种家的味道。是啊，用家乡的水灌溉的，是爹娘亲手栽种的，当然胜过山珍海味啊！吃了三十多个春秋，长了三十多个年头，竟也有了清清爽爽的面容与纯纯净净的心灵。我幸福着自己，即便有时会去城里呆上几日，总还觉得乡下好。每次回家，脚步留在那些菜田旁，总觉得自己和它是那么亲近。

桂花飘香

金秋十月，学校的桂花开了。经年的模样，却总觉得格外芳香。

十几株桂花中，有金桂、银桂和丹桂，金桂花色橙黄，银桂鹅黄，丹桂浓黄得近乎红色。你看，她们小小的身子簇拥在一起，一簇簇、一丛丛，如害羞的姑娘躲在郁郁葱葱的绿叶之间，然而因为群体的力量庞大，远远望去，这些小不点儿，似一团团火焰在绿树间摇曳，婆娑多姿、神采奕奕。星星点点的金色小米粒欢欣鼓舞地绽放着自己，告诉赏者她的美丽，向世界证明她的存在。"暗淡轻黄体性柔，情疏迹远只香留。"这是她此时最真实的写照。

她原是那么的不起眼，四季的轮回里，只在金秋之际才会让世人注意，让世人称叹。她孕育了多久的力量，留存了多少的等待，只为这一天的付出与欣喜。冬日，枯黄的落叶回归地下的根，化作了来年的养料；春天，鲜嫩的枝叶在挺拔的身姿里茁壮成长。酷暑与严寒，她从无所畏惧，飘零与绽放，她也同样不傲气张狂。百花丛中不见她的姿容，无有她的芳馨，非是她少了韵致，亦是禀赋超然的品行，隐去了繁花胜景的追逐。

她是日月之光点化的精灵，簇簇丹红，星星鹅黄，点点淡白，细细碎碎却又娇羞玲珑。牡丹雍容华贵，石榴热情奔放，玫瑰美中带刺,桃花却又殷勤短暂。所以李清照那么推崇她,爱的即是她与世无争、清雅高洁的品性,"何须浅碧深红色,自是花中第一流。"这该是和"莲之出淤泥而不染"的清高别是一种君子行为吧!

瑟瑟秋风起,她跳起精灵之舞,孩子们的头上、肩上、鞋子上都留下了她的足迹。有偷偷来采撷的,有屏住呼吸凑上前闻着的,有发出阵阵感叹的,欢声笑语、欣喜雀跃,仿佛世人今日才感受了她的桀然傲立与浓醇馨香。

我们是不忍就这样让她洒落尘寰的。那日午后,姐妹们带好酒席时用的台布,一大张一大张铺在桂花树下,两人去摇树干,只轻轻地,满地如金色的小蝴蝶便堆积满地,那小精灵钻进了我们的脖颈、头发,伴着洋溢在学校上空的欢声笑语,我们就如快乐的孩子。我们把摇曳的桂花收集在一起,呵,装了满满两个袋子。光这样还不行,我们赶紧上网查怎么把眼前的桂花保存,四五个姐妹聚在一起,你看我说,好不热闹,这桂花雨下得我们的心更近了。大家把桂花晒干,有的用冰糖蒸熟,凉却后,放冰箱保存,有的就直接把桂花浸在蜜糖中,等做菜和蒸点心时加入少许,就更添美味了。比如蒸一笼桂花糕,甜糯之中,含着特别的醇香,别有一番滋味在心头呢!

我喜欢桂花还不止这些。她还在平凡中孕育着不平凡,我崇敬着与她一样的人儿,默默无闻,在平凡的岗位上辛勤耕耘,不见得有炫耀的资本,却有自己的高洁之处。像极了我的同事,一位有才能的教书匠,几十年来,多少如我们一样的晚辈要请教于他,多少批孩子优异的成绩源自于他,谦虚耐心,正直善良,一如桂花的清雅宁静孑然于身。我想,在他心中,功名利禄与成败得失有何所谓?他绽放的不就是像桂花那样平凡而超然的芬芳么?那些莘莘学子不就像满地的花儿精彩纷呈么!

我也是个平凡的老师,我也不会就此而停息。每个夜晚,我会藏桂花的娇羞默默耕耘自己的心田，函宠辱不惊之态；在每个黎明，我会取桂花的蓬勃茁壮自己的姿容，长枝繁叶茂之势；不去得意，亦不失意。在平凡的日子里，汲取点点滴滴的感动，获取纯纯净净的涵养；在生命的海洋中，才可如她一般，若隐若现在浓绿淡翠间，令人心醉于馨香满园中。

当一簌簌清雅落地，即是那一串串无声的缄言，让我在此时回望彼时，在脚下明了明天该迈的步伐。

你好，公交车

我喜欢乘坐公交车，有些不信吧？是不是认为自驾车多、停车难才这么说呢？不是，我刚拿到驾照，却压根没有买车的欲望，只是怕儿子上中学后会更难学，所以和同事一起经过了两个月的集训换得了本本。因此若是出门，我必坐公交。你又问了，是不是不经常坐啊，若是常坐，你受得了那种等车折磨人的事儿么？其实，我还真的常坐公交，因为常常坐，所以会磨平那些起初的烦躁，越发觉得公交有它的可爱之处。

人不多的时候，我喜欢坐后排靠窗的位子，既符合先上往后，便于后上的顾客乘车，又可以静静欣赏窗外的风景，省得一坐门口，看到老人、孩子，我还得让坐，然后再找座——如果确实需要让座，即便在后面，我也会起身相让的。农村进城的公交车一般20到30分钟一班，若是你每次留心了这个时间点，下次等车就心里有底了。当然也会有错过的时候，那必定不是很多。然后你得放下心来，莫急，慢慢在路边的亭子里坐一会，读报、看手机新闻，或就是静静地等，让时间一分一秒地在你的眼前流过。不要怪自己浪费了时光，因为快节奏的都市生活和高科技的无线网络，已经使我们的生活颠倒日昼，我们需要暂时的悠闲和心灵的释放。

车来了，不用抢，哪怕是位子全坐光了，我也有办法。那就是车最后很高的台阶，一般没人去坐，因为那儿不是位子，也很少有人放东西，怕脏了包包。我呢，因为每周必去趟市里，和儿子背着二胡，拎着两本厚厚的二胡书，就径直往最后走，车上已坐好的乘客会好奇地看着我们，当我把儿子的二胡从脖子里熟练地取下，放至台阶的最里面，铺一张报纸安稳坐下时，他们笑了。我想他们肯定猜得这娘儿俩是长坐车的"老车油子"了。

我们坐下，儿子习惯地吃吃东西睡睡觉，我呢，一边享受着儿子靠在肩膀上的亲近，一边环顾车子内外。路边的树木已经穿了过冬的"白衣"，寒风中等在站台上的情侣相互搓着手，扫马路的阿姨还是两只手拿着三样东西——铲子和大小扫帚，在街道旁来回清扫，转盘处的高架正在施工，尘土飞扬。我把玻璃窗关紧了，发现那个40多岁的中年妇女又在这辆班车上，整洁的装束衬着白皙的脸庞，看上去很精神，每次手里总提着个布包，每周我总在这个点碰上她，是去城里做保姆的钟点工？还是有人需要她照顾半天呢？我想，她定是天天来回，只不过是我偶尔才碰到。也有谈天说地的年轻人，大概难得放假，凑着一起去城里开开眼界的。有子女扶着老人去镇上医院检查身体的，有学生放假拎着大包小包回城里的……每个人都有自己的故事吧，我猜测着。

只因要去各自的目的地，只因这样的选择方便，我和一个个陌生的他们同在了一辆车上，好比两个图形暂时相交的集合。各自有各自的辛劳，在这儿却能得到片刻的休息。若没座位，也不会抱怨，毕竟只有这样的方式，才能把我们载到要去的地方。人与人就这么相遇着、过往着，在同一辆车上，温暖和亲近会默默地感受，我是别人的过客，亦是别人的风景。

车子在一个小站上停下，我瞥见人群中，有我班上一个可爱的女生。她刚一上来，我就喊道："来，到我这儿。"女孩儿乐了，看见我急急往后面挤。她妈妈在她身后，大声道：别去老师那了，老师那也挤呢。但她偏往我身上靠。我把她抱在腿上，还蛮沉，毕竟十来岁的孩子。这下好了，加上身边的儿子，两个孩子和我一路说着笑着好不开心。后来，她妈妈告诉我，说她坐在老师腿上真幸福呢，逢人便讲，"我坐老师腿上了"。可爱的孩子，总能让我忘记自己不仅仅是老师，还有一颗如他们般大小的童心。回想自己读书时，这条路铺着大大小小的石子，高低不平，骑着自行车，风里来，雨里去。若是那时也有公交车，或许一路的记忆就不会到如今了，风雨只会磨炼人的意志，不是么？

今年的元旦，城乡的公交车票价从原来的五元调至两元，这让我和所有的普通老百姓都乐得不得了。我还办了卡，还能享受八折的优惠，以后出门，城乡一体，只一张卡，再不用准备叮呤哐啷的硬币了。在车上，还可以打个盹儿，遇见熟人就聊聊家常，舒心安心不用半点操心。城里的公交车在人性化方面做得更是无微不至，诗一样的提示语在电子屏幕上滚动，扶手处都有软橡胶凸起的地方，不易打滑，每个车内栏杆处都有提示准备下车的红按钮。"礼貌不用花钱，却能赢得一切。"这是儿子在作文中写到的，我问这哪儿来的？似曾相见，他说："公交车上啊，看一遍就记住了。"我又一次感受了它的温暖。

冬日的清晨，天还有些暗，当闪着灯光的公交车徐徐向我驶来的时候，等久了的我每回都欣喜雀跃，带着微笑礼貌相迎。

城市的花边

窗外，一排排高低葱郁的树木在眼前闪过，一层一层的，错落有致，很好看，靠马路最里边的那一排，最高最绿，然后，低一截的，再低一点的。在最外边和人行道相接处，是报春的腊梅。枝头只不过三三两两的花骨朵儿，树干低矮，黄色的小花却格外显眼。整条绿化带，深浓的绿，鲜亮的黄，成熟的红，枝桠的褐，加之人行道上一排排青翠的香樟，构成了城市灵秀生动的自然景观，为柏油马路与小区高楼镶上一道熠熠生辉的美丽花边。

从乡下的公交车下来，转车，坐上市内公交车，我最喜欢临窗眺望护城河边的景致了。小桥流水人家，即一览无余在眼底。柳枝垂下长长的还未发芽的枝条，虽无勃勃生机，却也秀美可爱。倘若江南的小河边缺了她的身影，我想一定会少了许多韵味。长长的柳条儿直淌到水中，与自己的影儿虚虚实实连在一起，短一些的柳丝，随风儿轻摆，婀娜多姿。粗粗的枝桠，每一株有每一株的姿势，像T型台上模特最夺目的一刹，风姿翩翩，又如精彩的演讲，抑扬顿挫，高低起伏。因为是从车窗向外望，它们虽美丽无限，却都略略往小河边倾倒，这是视觉的差异，也更显得与河水的亲近了。

河对面，一户户人家，傍着护城河，是这座古城唯一留存的江南遗韵,我猜想,那里面的主人,该是每天清早透过柳丝轻拂的门窗,享受这番最真实的江南景致吧!真恨不得自己也身在其中的一家,看尽繁华,享此清雅。那该会有怎样的诗行,赋予她——用自己深爱的情怀。这黑瓦白墙,是画家眼中永远勾勒的笔墨,是诗人心里悠扬灵动的曲辞。那一个个高低错落的屋顶上,一片片小瓦给重新刷过的斑驳白墙镶上了古色古香的黑边,如江南女子身着一袭素色的旗袍,端庄优雅,古朴清韵,一如眼里的周庄,清清的河水映着小桥、绿树和人家。几番风雨,几多沧桑,古城悠久的故事似那流水潺潺,古今依稀。

车子转过一角,告别小桥流水,鳞次栉比的高楼出现在眼前。车子在拥挤的大道上慢慢穿行,每个站台连接的绿化带,似乎没有城市中心地段那般拥挤了。然而每根柱子或广告牌就立在低矮的灌木丛中,起到了行人和车辆自然分割的作用。路边的香樟树高大挺拔,经冬不凋的叶子变得浅绿,我想象着,它们在春的温暖下会落英缤纷,也许会让清洁工们又要忙碌一阵了。穿过热闹的市中心,继续前行,慢慢地,附近的小区出现在了马路两旁,小区中的枇杷树、石榴枝探出了头,马路上最里层的树木也往小区里伸展,真是墙里墙外春意闹呢!

看着城市的这条花边,我听见下车的温馨提示了。我从整洁舒适的公交车上下来,急切地走到腊梅花前,清香四溢,这"傲骨梅无仰面花",每一朵却"只为春来报"。偷偷摘下一朵,放在手心,黄得鲜亮,晶莹如玉。从此,再不用去断桥边找,墙角处觅,这高洁的花儿在城市的路边随处可见,告诉着忙碌中的你与我:漫长的寒冬即将过去,春天的脚步近了。

儿子指着几个在树荫小路里走的人说:"妈妈,我们也走一次吧!"那是一条宽宽的绿化带,从下车到小区的一段路挺长,我琢磨着,本来这绿化带里是不会走出路来的,大概是酷暑之时它能遮阳，寒冬之中它可挡风。于是，盲从的心理，就在靠小区护栏的大树间，走出了本不该有的一条小道。原本从不许他穿过的我答应了他，我只想去看看那些树木，感受一次与外界的车水马龙隔离的世界。

果不其然，走在小道上，阳光从高高的缝隙间洒下，树影婆娑，脚下散发着泥土的气息，大树旁有低矮的棕榈，还有许多叫不出名的乔木。我深呼吸，这一大片的绿化宛如一个小小的森林，清幽雅静，偶尔有麻雀掠过树木的身影，"嗖"的一下已不知又停在哪个枝头了。小道长长的，我脚步轻轻，深怕小草因为我的鲁莽，听不见春的呼唤呢！

穿过小道，眼前一亮，汽车的鸣笛又让我回到了城市。其实，我的心里已装下这一路的清幽，即便喧嚣漫耳，也如置身于林荫小道一般，自在快乐。

天暗了，路灯亮起，城市的霓虹灯闪烁，这些穿着白色冬衣的树木从城市白天的喧嚣中变得异常静谧，树影伴着月光，在默默地陪伴着这座城市，为她添彩，为她祝福。

第二辑
因为有爱

传 奇

"只因在人群中多看了你一眼……"

那个清早,她陪着妈妈从小街上回来,正好下桥时迎面的他上桥,这一回,四目相对,他再没能躲过她的视线。片刻的对视之后,两个身影逐渐拉长,如同两条直线相交了又继续延长一样。如果仅此,他和她的故事也就结束了。然而两人都在不约而同的一刻,同时回望一下对方:她清秀俊美,一头长发飘逸肩头;他沉稳大方,透着一股书生气,此时的一刹那,竟如此清晰又美丽地定格在对方的视线里,挥之不去。

其实昨儿他还来过女孩的家,那会她正帮妈妈做零活,埋头踩着缝纫机,对于他的出现,女孩根本没放心上,十来分钟也没正眼看他一眼。他是跟着他叔叔一起来找女孩家干妈的,他叔叔早些年就和她干妈成了朋友,那时开玩笑说以后两孩子(指和干妈家的女儿)有缘的话就见见面,合了这桩亲事。那天叔叔带着他来干妈家时吃了个闭门羹,只好找人问,谁料想,一找就找到附近的女孩家去了。更蹊跷的是,他的叔叔一向做事谨慎,本是一个人先来看看情况的,谁料到上了车钱包被人偷了,到了这边才发现已经身无分文,又该如何见朋友,于是打电话让他从昆山赶过来,一则能解围,二能看看这边的情况,说不定能了了之前的夙愿呢?

在小桥上的相遇和回望,让两颗纯真的心加速了跳动,虽然没有一句话,却将所有的美好都投射在了彼此的眼眸里,然后在彼此心头荡起从未有过的涟漪。

那时,女孩在苏州读书,还有半年即将毕业;他在昆山工作,干民建造高楼。她文静秀美,聪明懂事,早一年就有媒人上家里跑啊说啊,说破了嘴皮子都没让她动心的。甚至有钱有势的那两个男孩,连父母都一起跑来看了她,当即开口只要她答应,城里买房买车一句话,就连她父母一起过去住都可以。而她却无动于衷。其实,她一直过着穷苦的日子,如果换了别人,或许早就挑个背景好的嫁进城里从此享福了,然而她却并不乐意,还是清苦却快乐地读书、干活。妈妈勤俭持家,爸爸憨厚老实,从小被爷爷奶奶冷落的她有一股倔强之气,打小会流着眼泪对妈妈说:"女孩一定不比男孩差";打小会把好吃的分给爸爸妈妈一半;打小会踩着缝纫机帮妈妈做衣服做到半夜才肯去睡;打小会把妈妈给的一两分钱揣在裤袋里拿出来又放回去——她是妈妈贴心的小棉袄,是一家的骄傲和希望。如果,如果真的在一个无比优越却不是自己动心的那个男孩给予的高楼里,她想,这难道就幸福了吗?不是自己挣得的富裕,不是自己心动的男孩,一切又有何意义?于是她照例每个周五上完课乘车回家,两天在家帮妈妈做衣服,周一一早再赶去苏州读书,因为她不习惯宿舍里那些姐妹双休在学校的日子,不是打牌嗑瓜子,就是看言情睡懒觉。她算了一下,来回路费十几元,而给妈妈帮忙应该超过路费,又能见到父母,还能抽空把带的书翻翻,更何况在学校吃饭也要花钱,所以这么一算,每个双休她总在家里。

这个双休,让她真的感觉不一样。当他告诉她自己为何才来,当他看着她带着羞涩和文雅时,彼此的心意竟如水一样清澈。好像自己冥冥中就在等他,而他注定也一定会来见她一样。如果干妈家女儿还没有许配人家，如果他叔叔的钱包没有丢，如果他们在桥上相遇却没有再回望彼此，那么故事就不会拉长——

两天后，她回到学校，他再去单位，书信成了彼此的希冀和挂牵。真挚的情意在笔下流淌，更在彼此的心间激荡。她相信自己的感觉，非他莫属。可父母在亲戚的劝说下，竟不太同意女儿和他的来往，一是他工作性质不稳定，东西南北没个定点；二是年纪轻轻在外工作，照顾不了家庭更不太放心。面对自己喜爱的他，面对自己亲爱的妈妈，她含着眼泪写了长长的一封信给他，而当他看到信时真的伤心欲绝，一晚没睡给她回了两封信，要她和她的爸爸妈妈一定相信他。那是他们第一次为爱流泪。幸而妈妈看出了女儿的心思，有什么理由让乖巧的女儿为一个心动的男孩这么伤心呢，幸福不是钱就可以买来的，两孩子情投意合是最重要的啊！妈妈同意了，她伏在母亲的怀里幸福地哭。

后来，他们走上了红地毯。然而，磨难也正悄悄降临。

"阳光总在风雨后，请相信有彩虹！"

那是2001年，是她的本命年，也是悲喜交加的一年。

那个冬天很冷，做新娘的她没穿婚纱，也没用车队，去美发店简单地盘了一下长发，化了一下妆，就穿上跑了好几家小店买来的红色呢大衣。那大衣很长，衬着修长的身影和淡淡的梳妆之后，她已经够美了，差不多没人再会注意她的脚。她实在吃不消这样的冰冷天气，偷偷换了双棉鞋穿在了脚上，自个还暗暗地笑。那天和所有的新娘一样，她是天底下最美最幸福的，和所有的新娘不一样的，或许是她对家里一点没什么要求吧。她清楚家里条件不好，能省的都省下，连身上这件大衣也没舍得去大商场买，那儿太贵，她拉着妈妈在步行街上喜滋滋地淘到了这件合身的嫁衣，然而能和心爱的人走在一起，还有什么能比拟呢？

美丽的新娘还没有从结婚的幸福与疲惫中缓过来，下腹部渐渐的疼痛就越演越烈,最后躺着都会忍不住流泪。半个月后她被送进了医院,然后一发不可收拾,在一年的时间里接连动了三次手术,化疗了九次。她告诉别人的时候,总是淡淡的,然而在三百六十五天的日子里,她能淡淡而过每个朝夕么?

她的泪流尽,她的苦吃尽,而他的爱却在痛苦难熬的日子里与日俱增。

第一次动手术前,她对他说:"你放心,医生说可能是囊肿,不就是动个手术过一个星期就出院了吗?过些日子我又能上班啦!"正如她说的,手术一个多星期,她是出院了,只是手术的化验单和别人不一样,人家都在本市化验了就给病人的报告单,而她却迟迟没拿到,病理切片被送到了苏州复检。当她开开心心在家过了一个月,医院竟打来电话,叫她再去住院,她感到不解和无奈,在家人的陪同下,又踏进了医院。她的病理报告单上写着"恶性畸胎瘤",即不成熟畸胎瘤,医生对她说要化疗,两个月一次,每次只要输液三天就行。她还是第一次听见这种病。心想,或许自己的病和别人不一样吧,反正每次只要三天,应该没什么难受的。当时她根本不懂什么叫化疗,为什么要化疗,而这些,医生只是轻描淡写地告诉她,她依然没理解。直到她输液后的剧烈反应,她才发现自己根本承受不了这样的折磨。于是他焦急地询问医生,跑到书店查这种病的相关资料,他才懂了不成熟畸胎瘤若是不化疗的话,肿瘤肯定会再长的。她痛苦不堪,他更是舍不得,整夜整夜地守着,希望能让心爱的人少受些病痛的折磨。三天的化疗结束了,然而她却连下床的力气都没有了,头发一缕缕地开始掉,妈妈不给她照镜子,却躲不过她看见他湿湿的眼眶。她流泪了,为自己的不幸流泪,更为深爱自己的家人忧愁得流泪,她一直是个好孩子,可这一回却要让爱自己的人这么的受累和忧心,她不忍心啊!她握着他的手,告诉他想办法让她离开这儿,家人和亲戚也觉得这样下去肯定不是办法,于是商量下来要转到上海肿瘤医院。可是她实在太虚弱了，白细胞降到了1000，转院的要求医生根本不同意，于是接血、输蛋白，能用上的都用上了。几天后，白细胞上升到3000，她被连夜转到了上海肿瘤医院。在那儿，她进行第二次手术，和第一次动手术的时间只隔了一个多月，手术是要切除畸胎瘤生长的部位——左侧卵巢，并继续化疗。在第十层高楼上，她远远地望着窗外行色匆匆的车辆和行人，含着眼泪说："我不贪心，有一天能在路上散散步，我就满足了，你说会有那一天吗？"他紧紧让她偎依在怀，告诉她："一切都要过去的，我陪着你，不怕好吗？"就这样，他陪着她走过了最难熬的日子，泪水流尽，痛苦吃尽，然而病魔却夺不走温暖坚定的至爱。

  那一年的12月，她又被检查出左侧也生了一个小的肿块，医生要求马上手术，认定是畸胎瘤复发转移。这一回，她真的害怕了，怕自己会离开亲爱的家人、离开日夜守着的他。她拉着妈妈的手，声嘶力竭地喊着他的名字，被推进了手术室。或许上天真的不忍心再折磨他们了，手术很成功，更可喜的是，那只是一个小小的黄体囊肿，并不是畸胎瘤的转移和复发。她总算出院了，躺在温暖的家里，听着CD里那曲《阳光总在风雨后》，她常常忍不住流泪，这一番痛苦和快乐相交的洗礼，她有太多的感动。她原是那么内向，渐渐地，当每一缕阳光在每天升起的时候，她觉得都不一样了。一切都像重生，一切都值得感恩，微笑渐渐露在嘴边，溢在眼角，更流淌在心头。她不仅能慢慢地散步，还坐着写字看书，一切都是那么美好那么值得珍惜，多少泪水都化成了更多更满足的幸福！

有爱就有未来

2003年春节,她和他结婚两年。

经过一年三次的手术和一年半的化疗,她更瘦弱而乐观。一次她梦见天上飞下两只色彩瑰丽的凤凰,落在了自家屋檐上,她看着看着,好不开心。醒来赶紧告诉妈妈,妈妈笑她,"你可别把孔雀当凤凰啊!"她小嘴一撅,才不会呢,不过梦只是梦,谁知道将会有什么事发生呢?

说真的,她做梦都没想过自己要养个孩子,对于过去的两年,她像是在鬼门关走了一遭,千辛万苦又逃了出来,自己的命总算留着了,哪曾奢望再拥有个新的生命。他也是一样,只要她好好地养身子,开心活下去,就是最大的愿望,只字不提孩子的事。

然而,阳光在风雨后出现了,更有了无比美丽的彩虹,她竟在那个春天怀孕了。连医生都觉得惊讶,以她的情况,怀孕几率是非常之小的。她是去体检时才被查出怀孕的,当时懵了,当她打电话告诉在远方工作的他时,电话那头同样是激动和无法相信的惊喜雀跃。高兴之余她拨通了上海肿瘤医院为她动手术的范教授的电话,她要询问这个新生命的安全性,教授非常郑重地告诉她,能在化疗结束半年后怀孕,说明身体功能已经在逐步恢复,对自己对孩子都有好处,并且高兴地祝福他们一家。他们长舒了一口气,一家人在万分的喜悦中慢慢迎接即将到来的小生命。

2003年10月14日，农历九月十九，观音菩萨的成道之日。一个可爱的生命来到人间，来到这对患难与共、苦尽甘来的爱人面前。男婴眉清目秀，红唇面白，为她手术的上海医生感慨道：这孩子真是上天赐给你们的，祝福你们！虚弱的她多想看看自己的孩子，可她睁不开眼睛，只是隐隐地听见一阵阵欢声笑语。这一刻，她不是在做梦，他抱着孩子给她看，她激动得泪眼迷离，一家人欢聚在病房，享受着从来没有过的感动和幸福！

冰心说过："生命中不是永远快乐，也不是永远痛苦，快乐和痛苦是相生相成的，就像水道要经过不同的两岸，树木要经过常变的四时。快乐中我们要感谢生命，在痛苦中我们也要感谢生命，快乐固然兴奋，痛苦又何尝不美丽！"重生的她更加热爱生活热爱生命，每一天不会都有阳光，而心中的阳光却时时刻刻照耀于心。她善良，怀一颗真诚慈爱之心对人对事；她感恩，藏一片宽容豁达之胸怀揣万物生灵。更何况有他在，有儿子在，有那么多值得感谢的人在；她可以努力地工作，可以静心地写字，可以和以前一样飘逸一头乌黑的长发。

无疑，她是幸运的，更是幸福的。如果生命可以用长度、宽度和高度来衡量，那么，她因为幸运增加了长度，因为感恩延长了宽度，更因为爱和执着将上升高度。

如今，他们已经结婚十周年了。生命或长或短，她将不再害怕，因为她亲切地感悟到生命不仅仅是活着，还要微笑着面对风雨，不论走和留，都要活出生命的质量，就如站在几百年参天的大树前一样，都只留下对生命的崇敬、感动和珍惜！

未来怎样，我想如果你和她一样有对生命的感悟，那么即便怎样的苦辣酸甜，你都会从容而过。心中有爱，心怀希望，坦坦荡荡，人生便如五彩的梦！

如花似水

女人，是个美丽的名字，告别女孩的稚气和娇嫩，穿梭岁月的时空，走向成熟、端庄与大气。

女人如花，每一季都袅袅娜娜、绰约开放；女人如花，每一朵都姿态万千、娇艳欲滴。青春年少时，如盆中的水仙，淡淡清香，自然天成。要点阳光需些呵护，亲人就是盆中的水，一天也离不开，而恋人呢，就如那五彩的鹅卵石，点缀着、包围着、陪伴着。如此，花儿才蓬勃生机，姿妍妩媚。

告别花季，此后的女人应是月季吧，没那么娇艳，也不用精心呵护，她四季常开而色彩斑斓，熠熠生辉且自然纯真。过肩的长发飘逸风中，舞动的裙摆穿过闹市，灿烂的微笑洋溢嘴角，眼眸里多的是自信，步伐中带着从容，不用花粉点缀，无需醇香熏染，优雅静谧更让人回眸寻味。

孩子是她们甘愿辛苦也万般幸福的源泉，爱人呢，不再只是护花的使者，而是暖身暖心，磕着碰着也更疼着自己的另一半。此时的女人因为生活的琐事，偶尔的任性与小脾气竟也带着几分可爱，此时，女人们彼此会发出呐喊"该对自己好点"，仿佛昨日的种种再继续的话，便会毁去岁月不待的容颜。于是吃的、穿的，用的，小女人们在平静的日子里，每天都会花一点心思去说，去做，去寻找。

如花的女人是幸福的，可爱的，甚至可敬的，家的甜蜜与责任，女人们不会相提并论。她们知道，柴米油盐和相夫教子需要慢慢地学，好好地过，但这些并不是生活的全部。听听经典的老歌，品味点点的感动；阅生活百科，览自然美景；感受家的温馨，爱的甜蜜；有美丽追求，有自信大方。走在午后的阳光里，女人更有着恬淡的笑颜！

这便是女人们所拥有的日子，不一定有漂亮的容颜，但心是美丽的，向往着阳光与美好，充实着生活与精神的富足。不一定有小车高楼，珍视现在的所有，和睦幸福是一家最美的珍宝；不一定满腹经纶，成就卓越，为人妻，为人母，为人子女的你已经很不容易。善待别人的同时请一定善待好自己，因为没有你，世界不会停止转动。然而没有你，你所在的小世界就一定乱得团团转。

如花的女人也似水。

水清澈，透着万物的澄明；水温润，化开冰封的寒冬；水，晶莹，缀满山石的灵秀；水博大，浸润自然的生息。

水是洁净的，荡涤世间嘈杂晦暗的尘埃；水是无惧的，溪流和瀑布，泥潭与大海都从容难阻。水流向大江，所以她本不畏惧风雨和暗礁。水归向大海，所以她原有母亲宽广的胸怀。

我身为女子，愿永远做个如花似水的女人。花不常开，但心花可以不败；水可长流，愿洁净简单的心灵。我喜欢阳光，喜欢微笑，喜欢美好的事物，看淡功名与荣华，感动世间的真情和挚爱。人世间万般喜忧，我不能长挂心头，唯有好好对自己，对他人，在春去秋来的每个日子里，如花一样地绽放，似水一般的长流吧！

"你是个女人，你面对每天的太阳，看到的是美好，心里充盈着激情。感谢上帝，让你成了美丽的天使，热血奔腾的每一天，你会如水一样流动着。水，纯洁的水，在阳光下，永远流着！"这是一位朋友送给我的一段话。我是如此快乐！

聚散两依依

初秋，内蒙的清早已透着丝丝凉意，穿着短袖的我刚走出大门就打起了寒颤。细数来内蒙的日子，一晃竟所剩不多，每每想起，心头便凉下一截。盼着相聚，却也意味着别离，我们竟不知不觉在这样的企盼和惜别中度过了整整十个春秋。

人生，或许本来就是太多的聚散组合的吧。当与爱人十指松开，无奈地望着他踏上征途的时候，那种不舍、那种失落便会缠绕心头，唯有默默的祝福，从此的牵挂，伴着时光点点滴滴地嵌在原本会孤独的身影里，心海从此波澜不惊。分别的日子漫长，是因为思念太长；相聚的日子太短，是源于快乐本易在指尖溜走。想留住美好时刻，却不能挽住岁月；等待彼此再见，却又惧怕再一次别离。道一声：珍重！咫尺与天涯已没有界限，因为爱在，牵挂在，思念还在。

你留给的一切，原本就可让我怀念一生。想着那一天火车远去，你依然不是窗外相伴的那道风景，而是千万帧爱的底片印在了远去的爱人心上。聚也依依，别也依依，用心的亮光点燃彼此的孤寂，再用心的温暖追忆每一份相守的美丽，最后便可以用思念咀嚼一生！

有人不懂，有人不屑，"牛郎与织女"的爱情，现实生活中，和好过吗？我想，只有真正懂得彼此、能用一生坚守这份难能可贵的痴情人儿才可以作答吧！正是这份矢志不渝、坚贞顽强的真爱才传唱了千古，成为了永恒。世间没有完美，若是牛郎与织女不用七夕相见，天天可以相守在一起，我们当然欣喜，而这美丽的故事还会那么感动，那么回味，那么让世人怀念吗？只愿世间有情的人儿能相知、相守，相爱到老吧，地老天荒不是永远，海枯石烂也不会成真，因为我们只有今生，生命的短暂和脆弱有时经不起太多的磨难，但是心在一起，爱就成了彼此的支撑，你是我的唯一，分得了肉体，却怎分得了爱恋？

如果你还年少，请你一定懂得寻找你的真爱，他不必富有，她也不必美貌，有颗善良的心会让他（她）自然纯真、熠熠生辉。如果你和我一样不再年少、历经很多，那么珍惜你所拥有的，亲人与爱人都将是你此生的牵挂，那份责任与义务要在爱与被爱中慢慢诠释和升华。

聚也依依，别也依依，我不会流着泪花离你远去，因为爱会延续，只是换了一种形式而已。不远的那一天，我依然只能在车窗里遥望你，淡淡的忧伤也依然会在心头荡漾，然而我更懂得，那些相守在一起而成的美丽花朵不会像火车一样离爱人远去，相反，岁月悠悠而过，它积淀下的是珍珠般璀璨而纯洁的美丽。

清早，东方地平线上的那一轮朝阳，便是我们心头最纯最真的守候！

愿彼此珍重，我们用一生来怀念相聚相别的日子！

泪花儿流

离家来内蒙将近一个月，昨晚竟睡不着想家了，确切地说是想妈妈了。你一定会笑，这么大的人了，还像孩子一样想妈妈，不害羞啊！可是，的的确确是真的，想得再也睡不着了，还湿了眼眶。今天是我生日，有千言万语想对亲爱的妈妈说。

妈妈怀我的时候，是受优待的。三天两头有鱼有肉，干嘛？因为她是长媳，公婆左盼右盼盼孙子的降临，所以待妈不薄。可妈挑口，偏偏吃不下。等到我呱呱坠地，妈妈想吃了，却不见了鱼肉。又为啥？因为我的出生让他们傻眼了：一个瘦骨嶙峋的丫头！他们的梦破灭了，随之而来的是冷淡、轻视和不屑一顾。从此我这个丫头给小家带来了无奈的痛苦：冷漠的眼神，不冷不热的话语让幼小的我少了天真与快乐，而多了伤心与沉重。曾记得，多少次看着爷爷奶奶抱着弟弟妹妹开心地吃着年夜饭；曾记得，爷爷提着一篮子的食物在我身边经过而形同陌路；曾记得，奶奶来家里问妈妈要回了我向她"借"的两角钱，那是打预防针的……多少次，我哭着问妈妈：为什么他们对我这样，为什么不喜欢我，为什么？妈妈将我搂在怀中："儿啊，别哭，有妈妈爱你疼你，咱们不能哭啊！"不哭！可我分明记得，每回都是母女俩抱在一起流泪的。

妈妈，那时我好小，还不懂自己的伤心会让你更加痛苦。童年就在妈妈给的更多的爱和时不时的伤心中度过了，也是在这种环境中，我慢慢懂得了如何让妈妈少流泪，如何让妈妈更开心。而妈妈呢，更是用她辛勤的双手支撑着这个贫穷的小家，用她温暖的怀抱将我好好养大。妈妈现在还会经常说起那时我一直说的话："妈妈，你别难过，我是女孩，可我不会比男孩差的！"

妈妈，女儿爱你！

妈妈又何尝不是呢？她用全部的爱一点一滴地温润在女儿身上。她咀嚼着生活的苦，甘心自己咽下，却把所有的香甜都送到儿的嘴里！永远都不会忘记妈妈的那句话："孩子，你是妈妈的全部，是妈妈的生命，没有你，就没有你的妈妈！"时光流逝，我慢慢长大，反复地咀嚼着妈妈的话，也感悟着妈妈全部的爱！

记得我动第三次手术之前，死抓着妈妈的手不肯放："妈妈，女儿不想离开你，我进去了，会看不见你的！"我歇斯底里，泣不成声。那样伤心的话其实不该讲，可我真的怕自己再也见不到她了。妈妈已经很疲惫，过度的伤心和担忧让她的眼睛变模糊了，让她的身子更瘦弱了。每每夜间听着她偷偷地哭泣，我也偷偷地流泪，她问天问地为女儿鸣不平，我问自己怎如此让家人遭苦难。她说，让我来替心爱的女儿吧，她正是一朵美丽的花！我说如果女儿不孝，可怜的妈妈，你将怎样苦苦地过啊！在她身边，我坚强地挺过一关又一关，我要活着，为自己，为妈妈。不然，妈妈的眼睛会瞎，妈妈的身子会垮，一句话，没有我就会没有妈妈的！

还记得妈妈在我手术前，万般哀求医生别把我脖子里的观音挂件拿掉。你说，昨晚做梦，梦见了观音，让我挂上她的像。我知道，你在为女儿苦苦地祈祷，你已经没有别的力量帮助即将推上手术台的爱女了！

或许她的诚心真的被感动了，我被推出手术室的时候，隐约听见了医生的谈话：这女孩命还挺大，幸亏是良性，不然那个在外面痛哭的妈妈不知会怎样呢！感谢上天让我度过了难关，让我亲爱的妈妈可以继续爱我。不管我多大，无论在何方，我永远都是她手心里的宝，用她一生来呵护的儿！

在我 31 岁生日的前一个晚上，电话那头的妈妈还是那样说："明天是你生日，别忘了吃点面，让他带你出去吃点好吃的！"妈妈呀，没有人会像我们那样，一块鱼肉要分着吃，每顿饭习惯了说"你吃呀！""你也吃。"粗茶淡饭在往昔是不知道苦的，因为它带着妈妈和女儿甜甜的爱。"妈妈，你也吃点好吃的！"电话这头是我的话，放下电话，思绪像开了闸一样，忆悠悠岁月，我再也难以入眠！

在我生日之际，我用诚挚的深情，用温暖的泪水写下了我与妈妈的片段。

童年的歌

有一首歌叫《童年》,我们会唱,十岁的儿子也会哼。年长的边唱边回忆自己童年的天真快乐,懵懂的边哼边疑惑自己是否要经历这些故事。歌词很长,调子轻快,儿子要我从头至尾唱给他听。我说:"这有何难?"当儿子认真地听我唱完,嘻嘻夸我的时候,我骄傲地对他说:"妈妈小时候可喜欢唱歌啦!"

是啊,童年的我唱了很多的歌,给自己听,更唱给了妈妈听。在学校音乐课上跟老师学,这不算,因为大家一起唱,特别不过瘾。当一个人放开歌喉,随便怎么唱感觉都很美的时候,我才觉得尽兴。放学回家,我先做完作业,随后照例帮妈妈做衣服。我主要打下手——缝衣服的里子。里子也和衣服一样,由袖子、背面、前片、口袋组成。我先在薄薄的里布上小心翼翼地开好里袋,然后把两片袖口缝好,在一个袖子的中间剩个洞,这是最后把面子和里子缝合后翻出来所需的空间,再把前后片拼起来,最后把袖口和前后片接好,一件里子就算完工了。妈妈一批批做,我的里子也是二十来件齐做的。从傍晚到深夜,我总是陪着妈妈干活。我一边踩着缝纫机,一边唱歌。歌声在缝纫机的哒哒声中,时远时近地回荡在自家的院子里,清晰在自己和妈妈的耳畔。

唱的歌中有的是老师教的，多数是从电视里听来的。两只缝纫机的旁边有只很老的黑白电视机，妈妈一个人时，会经常开着它。她也没功夫看，就是听听声音，有时唱黄梅戏、越剧什么的，妈妈才会停下手中的活儿，看一小会，然后把声音调高些，继续埋头踩着缝纫机，嘴里却不时跟着电视哼起来。等我放学做完作业，我就成了妈妈身边的收音机了，她想听什么我就唱什么。电视中好听的插曲我一首也不放过，分几次记下，整理在一本漂亮的日记本上，记得最清楚的是《雪山飞狐》、《渴望》、《婉君》等，这些好看的电视剧，每晚不仅陪伴着我和妈妈，更让我学会了其中的每首歌。我把它们一一记下，小小的日记本上载满了童年的歌谣，日子一天天地在缝纫机边穿梭而过，歌声中的我快乐得像只春天的燕子。

那本日记本是我的宝贝，因为每次有新歌便要抄上去，几年下来，指尖流走的光阴，在每首歌的记录中清晰可循，日记本也越显珍贵了。夕阳西下，我把日记本上的歌，从头至尾唱一遍。个别记不住歌词的，就哼哼，反正是缝纫机踩得忙，歌儿也唱得欢。这样，母女俩干活也就不觉得累了。夜渐渐深了，妈妈总让我先睡，我不答应。理由是，"我若少做一个小时，你不就要多做一个小时么？"才十二三岁的我，就是这么过着我的童年，没觉得一点辛苦，陪着妈妈一起，反而唱出了很多快乐。而且，歌声一定给妈妈消去了很多疲劳，也一定让妈妈感受了女儿的幸福。

在我结婚之前，家里搞装修，妈妈不识字，有用没用的东西乱成一团，等我想到那本日记本时，已无影无踪了。直至现在，每回唱起那些熟悉的歌，我就会想起那本日记本，想起和妈妈一起辛苦而快乐的日子。

细数童年的日子，最美的——该是扎着漂亮的蝴蝶结，在镜子前左晃右摆、特别爱美的那个傻丫头；是踩着脚踏车风吹雨打在颠簸的路上，和伙伴一起用功学习、不服输的要强女生；是唱着歌儿伴着妈妈，将黄昏伸展与延长的孝顺女儿。怎样的童年，序起了怎样的人生之篇，勤劳，善良在自己的歌声里逐渐奏出，这便是我别样美丽的童年之歌。

秀 发

抛却三千烦恼丝，我依然是我。

长发飘飘的女人缀着一身的柔美。发丝缠绕的妩媚，风儿舞动的飘逸，伴着优雅和自信，女人从容恬淡在每一个朝夕里。即便冬日里悄悄将它盘起，亦或是帽子围巾下露出的几缕，女人的韵致依然无阻，偶尔风扬起，回眸里，纯真，迷人。

如果，假使如果，当女人突然间掉落了她那头最美的长发，将会怎样？世界不会怎样，然而女人却会觉得世界将她远离，不知路在哪儿，爱向何方？

这个女人便是十二年前的我。

因为化疗的剧烈反应，病榻上的我不知是什么样儿了。那几天，只觉得自己被揪着走向一个无底的深渊，想不到明天何如，未来怎样。每天早上，妈妈扶我坐起床，为我洗漱梳头。我的身边没有镜子，看不到妈妈在身后为我梳头的模样，只有爱人温暖的目光相对在眼前。可有一天，当爱人依然面对他心爱的新娘，眼里却写满闪闪的泪光时，才发觉自己的模样已经变化得让他难过和不舍了。妈妈梳下的不只是一缕缕秀发，而是女儿生命中本该存留的一丝快乐和美丽啊。

几天之后，落光了一头长发的我，再也没有勇气走出那间狭小的房间。事实上，我根本没有力气从床上独自下来。我不再奢望自己再是一个月前穿着婚纱的新娘，只想快点离开充满恐怖和让我变得难看的地方——为我消除痛苦而痛苦却与日俱增。

我怨自己让善良的母亲添了鬓丝，多了憔悴，加重了焦虑。

我不舍身边的他没有享受爱的甜蜜却饱受情的牵挂与心忧。

我的泪水换不走无边的痛苦，拂不去亲人的担忧。因为我知道等待我们的不是结束，而是每一个开始。手术、化疗、再手术、再化疗……遥遥无期。

当秀发落满一地，妈妈泪珠儿流干，我唯一还有的，便是生命的存在，还有爱我的人朝夕陪伴。

梦中，那个挽着两条小辫像小婉君模样的我还在童年的母校嬉戏。一眨眼，我走进了满屋皆是蒙着白布阴深恐怖的黑房，我吓得瑟瑟发抖，拼命逃离出去。跑啊跑，看到了茫茫大海，拾级而上，听见了钟声，仙雾飘渺之间，竟跪在观音脚下。那些日子，梦里的我经受了很多恐怖，也在无助地找寻自己的出路。是白天的无望和苦楚在梦境里解脱、发泄与祈愿，半睡半醒时，还听到妈妈被噩梦惊醒的喘息声和相伴的微微哭泣声。

在出院那天，他给我买了个长长的发套，黑黑亮亮，我带上它回到了久别的家。我知道他怕我受不了别人异样的眼光，然而，我从此毅然拿了下来，不再带它，美丽可以不再，痛苦可以饱尝，而我，不可以假装自我。

如果命运真的要剥夺我的生命，那即便短暂，我也曾美丽地来过。只是我不舍爱我的人和我该去用心偿还爱的人。于是，一天天的日子就像一年年地过着、熬着，从踏上红地毯半个月就被送进医院的那天开始，他天天守在我身边。秀发落了又长了，可反复的化疗无情地将新长的细发再次剥夺。我带了个红帽子，妈妈扶着我去南海。当母子俩气喘吁吁地爬山高高的落伽山时，瘦小的身影被眼前的景象怔住，因为梦里我早就来过。冥冥之中，相遇寻找，冥冥之中，劫难过往。

九次化疗全部结束，重生的秀发更让我欢喜。柔顺秀美，却长得很慢。我不再轻易掉泪了。欢歌笑语在瘦弱的身影下徘徊，喜欢他挽着手一起散步，喜欢躺在床上听歌，喜欢坐着写点字看些书。

每次回家，他总会给我洗头。抓得头皮有点重的时候，我便大声喊"轻点"。他呢，呵呵笑一句："促进血液循环，头发长得更长啊！"我的泪花儿掉落在脸盘里，今天，我依然是他美丽的新娘！

有一年春天，他回家了几天，带我们一起在虞山脚下玩了片刻。儿子说："老爸，带我放风筝吧。"他无语，因为晚上便要回内蒙，来不及再耽搁。我笑着对儿子说，老爸就是我们的风筝，飞得再高再远，牵着的还是我和你啊。

风儿吹动，秀发扬起的时候，我看见了你，想起了过往。这一切，这一刻，写不尽永远！

幸　福

　　平凡的每一个朝夕，我们汲取着生命中的点点滴滴，从心中升腾起的一股股暖流都是幸福的源泉。所以幸福好简单，它不该是富足的金钱、闪烁的荣耀、无羁的形骸、飘渺的浪漫。幸福其实很简单，就是自己内心的感受。

　　它可以因暖流而甜蜜地微笑，可以因感动而情不自禁地流泪，可以因快乐而传递开更多的快乐，可以因痛苦而成长得更加坚强。所以幸福又不简单，微笑、泪水、快乐与痛苦都会是幸福的内涵。有苦才会觉得甜之不易，有难才会觉得易是坚守，别了会望穿秋水盼着鹊桥相会，念了会倚在枕边将思绪蔓延于文字的天堂。

　　听着西单女孩的《想家》，我的泪水不禁滴落在枕边。我幸福地偎依在爱人的身旁，想着女孩坚强而执着地走着自己的路，多少次想家而流的泪，多少为梦想而付出的辛酸，凝聚在这一刻，所有的苦，所有的累都是幸福的！

　　梦有多远，心就有多远。可心再远，也总离不开那个血脉相连的家！别离家乡的游子，如同我的爱人，哪一刻不想归家，仅是为梦想和工作吗？还是为一个完整的家？泪花在眼角，我却幸福地笑了。

　　将生命中点点的感动，化成甘露温润心田，让眼澄明，让心豁达，让爱传递，让情永留。于是乎，即便泪水也能同微笑一样在心间荡漾！

将思念中丝丝的牵挂化成依恋祝愿彼此，缘定三生，遥寄平安，执子之手，与子偕老。于是乎，因为珍爱也会有传奇在世间述说！

幸福是对生活的从容和淡定，是对事业的执著与追求，是对生命的感恩和热爱，是对内心的荡涤与回归。

叶落可知秋，花开不待人。红尘中的你和我，已经在将生命展开，拉长，即便流过泪，洒下汗，却都是幸福的生存者。更何况，我们懂爱、我们本善。

快乐和痛苦是人生幸福的砝码，孰重孰轻要用心去衡量。你偏颇了哪边，幸福就会离你越来越远。

爱人，是彼此的唯一，拥有这份至爱，才可相守一生。父母，给予我万千的垂爱，拼尽一生，从来无怨无悔。朋友，是真诚关爱，相知于心，相惜于情，理解与尊重，是一辈子的财富。

一花、一木、一种生命，我们用心去听，去看，去想，不也和我们一样？我们又该怎样地待它？放下我们的尊严，感受每一种生命的存在，这样，你会轻轻将每颗受伤的心灵抚平，温暖在每一颗心间升腾，要因为你的快乐而让别人更加快乐，这更是幸福。

潮起潮落，晨昏往复，我用澄澈的心感知自己的存在，足也。

"你父亲是谁？"

最早问这句话的是我当时的中学领导，那时，因为我每年都有三好学生的奖状，父母同意学校保送我去师范读书，一则可以减轻家里负担，二是等毕业后回家乡做个老师稳稳当当。一同申请保送的还有另外五个女生，大伙儿一起坐在车上，心情忐忑，因为马上要去市里进行一对一的面试。今天面试过关，明天就可安心等着进师范读书了。

校领导一个个地问"你父亲是谁？"我听到她们几个都一一回答着，说的人很开心，听的人也连连点头，我能猜到，她们的父亲大都是去过学校的，想必双方都已认得、带了一点关系。问到我，我也报了父亲的名字，那领导一脸茫然，的确，我父亲从未去过学校，他怎么能知道？我隐隐地感觉到了什么，我希望今天的面试是公正的，争取着不让我的父亲因为不被认识而被轻视。那天，我扬起头唱着《小草》；那天，我敞开心演讲着《当我走上讲台时》；那天，我带着信心和勇气迎接每一个考验，就如一棵默默无闻、却无所谓风雨的小草。

回到家里，妈妈问我"面试难吗？"我转身看看父亲，继而回答："若按实力，请你们放心！"第二天一早，班主任姚老师开心地告诉我："面试顺利通过！"六个人当时通过了三个，我可以不用中考，直接等开学后，进太仓师范读书了。我飞奔回家，抱着妈妈，欢喜的泪水在心底诉说着对父母的深情。我想对那位领导说，"不管父亲是谁，我都会用功做最好的自己！"

三年师范，我认真地习字读书，别人踏上工作岗位，成家立业之后没几个能坚持下去，而自己却在踏实的工作之余，继续学书写文。我没有父母给我创造优越的物质条件，却有农民身上的淳朴善良；我没有抱怨生活的艰辛，却常感谢每一点恩泽。

我的小楷越写越进步了，镇上有个姓景的老先生来找我，他没问"我的父亲是谁？"只请求我用小楷给他抄写家谱。老先生的真诚与信赖感动了我，我一笔一划地开始抄写，这是给我的挑战，更是给我的鼓励。正是那一本本成千上万字的景氏家谱，我的小楷功力渐增，即使寒冬腊月，手冻得满是冻疮，我也没觉得一丁点辛苦。因为在自己的爱好中，我正提升着自己的品味与定力。当我把写好的家谱让张浩元老师提好封页，打开给老先生过目时，老先生激动万分："我这辈子的心愿总算在你的帮助下实现了！"我才知道，老先生为了这份家谱已经准备了很多年，而我终于圆了他的梦想。

后来景老在虞山脚下开了个茶馆，又跑到我家，希望我给他写个横幅，内容是他喜欢的诗词，我写好了拿给他时，几个路过的老先生围着看我的字。边看边夸，还跑过来一本正经地问："你父亲是谁啊？"我一愣，为什么又提到我父亲呢？看着我疑惑的神情，老先生们异口同声地说："不是书香门第，不是家学渊源，能有你这一手好字？"我恍然大悟，笑着答道："我父母亲都不认得字！"是啊，如果身在书香门第之中，或许如今的我会更出色，然而，若是没有十分的努力，即使身于书香世家，只怕是受点影响，那又会是何种面目呢，不一定吧？

过年前，文化站组织书协去镇上义务写春联，人群里有些认得我的亲戚，在那开心地说："她是我的谁谁谁呢！"

爸爸带着他厂里一起干活的工友也在人群外，我听到爸爸在和他们说，"等下，一会每人写一副！"爸爸一身工作服，人不高，在人群中只有我知道他是我父亲，我喊着："爸，你忙去，我给他们一会就写啊！"大家的眼睛齐刷刷地向爸投来羡慕的眼光，爸爸的笑声渐渐消失在远处，我想，这一刻，父亲会永生难忘的。

你父亲是谁？这个重要么？父亲在我的心目中，是个极其平凡的人！也是伟大的人，因为他才有了我。

宝贝认错

放学回家，我准备煮饭，儿子把买的点心吃完还缠在我身边。我心里纳闷，平时这会早不见人影，跑到隔壁找人下棋去了，今天不对劲啊。"怎么啦，宝贝，有事吗？"他安静地站在我面前，却不敢正视我，一幅委屈难过的样子。在我印象里，儿子还是第一次心事重重，我蹲下身子，要他看看我的眼睛。"无论什么事，妈妈都会帮你的，你把不开心的事告诉妈妈啊！"儿子哇地哭了出来。"妈妈，我错了，龚旭阳的书是我弄坏的，他常常和我捣乱，我就那么做了，一直没告诉你，怕你知道了生气。"天哪，我真不敢相信自己的耳朵，儿子虽然有点调皮，但还从没惹过是非。我重重地问："为什么？为什么到现在才告诉我？妈妈在班上问了好多次，为什么那时没有人说，最后的结果却是你啊？"儿子泪流满面，"妈妈，原谅我，我知道自己错了，在心里藏了好久，越想越觉得自己不对啊！"

看着儿子第一次这么泣不成声，难过地自责，我把他紧紧搂在了怀里，抚摸着他的头，拭去他眼角流淌的泪，心里竟没有一点责怪的勇气了。我能想象，儿子在将近半个月的时间里，内心是怎样地斗争过，对与错，该和不该，到如今，他都明白透彻了，才拿出了勇气面对我这个老师和妈妈。活泼天真的背后并不是没有自己的思想和认识，我能用简单的训斥来面对这颗幼小而认真的心灵么？

"宝贝，妈妈知道你是做错了，但是妈妈更加知道宝贝现在做的是对的。能告诉妈妈自己的不对是很了不起的事，能向大家承认自己的过错并改正，我的宝贝也会更棒。"母子俩紧紧地抱在了一起，虽然孩子难过了很久，但是我相信过后的笑声也会更加灿烂。

第二天，儿子在班上认真地向那个小朋友认了错，把自己的书和他交换了，我瞧见他的眼里又似乎有晶莹的东西在打转，我明白，此时的他更多的是如释重负的轻松，还有对该和不该的清晰辨别。那一刻，每个孩子似乎都长大了很多，他们的心里都因为彼此而温暖了许多。

有一种教育是无声的，用心就行。倾听和感受，鼓励和尊重，作为妈妈和老师，胜过爱的宣言。

回　家

每年过年，我们都回家。但愧疚在心的是，只在过年的时候才回这么一趟家——一个比较偏远的小山村。从这儿到他父母家，得转几次车。一路出发，从这边交通发达的大马路，到那边的乡间小路，满是坑坑洼洼也只得停停开开，一路看来一路颠簸，真让人明白了贫富的悬殊。可是，再难，回家却是必须的。更何况，他父亲身体还不好。

公公三十多岁就患上了帕金森病，那时病情轻，吃一点药，平时该干啥就干啥，农活什么的一样都不比别人家少干。随着年龄的增长，病情也越来越严重，当我第一次看到他的时候，高高瘦瘦的身子一直在不停地抖，好像一不小心便会栽倒在地一样，心里总不是滋味。那一年我们定亲，过年第一次到公婆家，作为准儿媳的我还带着一路的颠簸，却满是对他们的怜爱了。

第二年，我们就把老两口接到了自己身边，可是公公病情不但没减轻，越发加重，我纳闷极了。爱人说，父亲是自尊心很强的人，越是人多和陌生的地方，他越觉得不自在，抖得也更厉害。他总认为人家看了会说什么会想什么，所以他过不惯这边的生活，无奈，爱人又把父亲送回了家。我们想让老人平时有个照应的计划没能实现，所以只能找机会对老人讲：这病虽然治不好，但还有药能维持，关键自己要乐观些，人家怎么看怎么想是他们的事，只要自己心里开心些就是最好的。然而，人的性格真的很难改，毕竟在这落后的小山村里，接受的信息都是很少的，又怎会看得开，更何况一个自尊心强的人呢？

其实，我们也无奈，除了每天的药，也无力让一个瘦骨嶙峋的老人去冒风险动手术，且还不一定能根治。在各自的忙碌中，我们更无奈，不能常回家看看老人，只能在传统节日前寄上点粽子、月饼、糖果之类以表自己的心意。令老人们开心的，我想该是他们看到孙子的照片，看到他长高长帅的模样，听到他甜甜的声音，还有读书、考试、拉二胡、写字和孩子随便有关的芝麻小事，都能让他们乐上一阵子。

我们的心里对老人是愧疚的，然而老人的心里总觉得对不住我们，他们觉得自己给小辈添了半辈子的麻烦，人家身体好的还可以干活贴补给儿孙。当他们不止一次对我这样说的时候，我心里更不是滋味，天下的爹娘为什么总为孩子想得多？殊不知儿女本该孝字为先，有什么理由说给小辈添麻烦啊？如果我们能在老人身边端茶送水，有能力让他们过上更好的生活，那我们才算尽孝道了。

爱人利用回家的这些天，在家里请了工人重新粉刷了一下墙，吊了一下顶。看着他帮忙做小工的既劳累又兴奋的样子，我想他心底多么希望老两口能好好地安度晚年，尽管父亲的病是那么让人无奈，尽管我们平时因为工作和生计少回了家。我更清楚，像我们这样的小辈，像他们这样的老人，普天下太多太多，虽不能完满地尽孝，但心底的那份深爱，那点恩义，不论是在平时电话的两头，还是每回过节的面对面，都会显现流露。而老人呢，只要是对小辈们好的，他们即便真的见不了朝夕相盼的儿女，也毫无怨言，再辛苦再孤单，只要孩子们好，他们又有何图？

儿子想回常熟了，我对他说："再陪爷爷两天吧，他们多想看你多一点，亲你多一些啊！"当我们踏上回常熟的路时，每回我都不敢回头，我怕他们瘦小的身影会承受不了离别之重。

妈妈的心

儿子说："妈妈，你的肉受伤了！"我诧异，"没有啊，妈妈不是好好的吗？"儿子继续："你不是说，我是你身上的肉吗？刚才我摔了一跤，肉有点破了，不是你的肉受伤了吗？"我笑笑，五岁的他就是这般理解母亲的话的！

哪个孩子不是父母心头的肉啊！从蹒跚学步到长大成人，期间的付出只有父母才心甘情愿，他们用全部的爱，全部的心血倾注在儿女的身上。即使有一天你羽翼丰满，不想再有他们的牵绊，可你在他们的心中还是像放出去的风筝，飞得再高，那根线却总在他们手里牢牢地握着，不愿放手！你是他们眼中永远长不大的孩子，你不经意和无所谓的背后总悄悄地藏着他们的牵挂，他们的爱！

妈妈去看望身体不适的外婆，外婆第一句话："阿囡，你来啦！"我想象，当外婆的眼睛看到女儿的到来，会是多么亮堂，她的内心会得到多少抚慰。或许她已经有许多个不眠之夜了，在苦苦的思念中过着孤独凄凉的日子。看着一个个长大的孩子，各自为家，奔波辛劳，她只能把残留的爱，把痛苦的思念藏在心里，只要儿女好好的，她什么都愿意承受！弯腰驼背，皱纹连连的老母亲能有多少渴望呀？没有啊，只要自己的孩子来看看她，就比什么都开心了！

那几天，妈妈给种田的大农户干活，天不亮就去，要忙到五点多回家。妈妈动作利索，插秧、割稻、脱粒，什么农活都不在话下。看着她连续辛苦了几天，却乐滋滋地数着挣来的钱，我又高兴又心疼。一天傍晚下班，我照例做完家务，咦，平时妈妈这时候都回家了，今天怎么还不见人呢？我看着桌上热了又凉了的饭菜，心里真有点担心。我跑到村子外面，看马路上有没有妈妈的影子，可是等了一会，还是没有，我心急了。路过的阿婆看见了说："你一定又在等你妈了，从小你就这样，大了也改不掉！"我又怕儿子在家找我，就无奈地掉头，和儿子在家一起等，等时间一分一秒地过，一直等到妈妈的身影出现在我们面前。原来，今天那家大农户完工了，请她们一起吃饭呢！我悬着的心终于放了下来，我把汤又热了一下，和妈妈一起吃。我说："妈，让你带上我的旧手机，我就不用瞎担心了呢！"妈妈说："和你一样，你下班要是晚回家，我不也会担心吗？"原来儿不行千里，母亲也会担忧的。

我也是一位母亲了，要用多少的爱将我心爱的儿抚养长大，我不曾想过。

可我希望他能和我一样，在我晚回家的时候也会瞎担心，也会跑出屋看看路上有没有我的身影。等我老了，我也会孤单，一定也会如白发苍苍的外婆那样，盼着她一生的企盼。

儿啊，巢中的鸟儿总是要飞出去的，妈妈希望你飞得高点，飞得远点。可是，再高再远，妈妈的心总会牵着你。

爆竹声声

蛇年大年三十的晚上,在安徽的一个小村子,我们坐在床头,等待着春晚的开始。

今晚的春晚真的和以往不太一样,亲切,夺目,每个节目都匠心独具。平民中走出来的草根达人让春晚不再只是艺术家的殿堂,也是百姓的舞台了。东西方音乐的合璧,科技与人文的统一,各种各样的美,通过视觉,听觉传到了每一个欢欣鼓舞的华夏儿女心间。春晚的精彩,在于她是中国人过年最丰盛的一道大餐,是每个家庭幸福团圆的期盼祝福。一曲《春暖花开》,铺开春的阳光,洒下爱的暖流,流淌于心,我就是如此一般地喜欢那充满希望、满怀爱意的篇章。

快到十点,儿子想睡了,我们不舍地把电视关了,我知道精彩的春晚明天还会回放,手机在床头时不时地响着,我知道那是朋友们给我的祝福。迷迷糊糊睡了会儿,爆竹声把我越吵越清醒,近得好像就在院子里,就在我耳边。透过窗子,我看到天空火光四起,似繁星点点降落人间。爆竹隆隆,每一声都震耳欲聋,想着自己家那儿的烟花比这要美,声音却没这么响,若是爆竹,"劈——啪——"一个只响两下,他们这儿的爆竹怎么就连着几十下呢。一个村子上百户人家,每家最少放个四十多下的爆竹,多的有一百来下,只要一两家开了个头,一个村子就接二连三地咋呼开了。一声声巨响,或此起彼伏,或同时发出,我把头钻进被窝,可响声依然惊人。老公也被吵醒了,我让他看看表,十二点多,原来,这就是小山村最响亮的新年钟声,是老百姓迎接新春最热烈的方式。

我对老公说,现在不是要提倡节俭么?怎么还放这么多爆竹啊?老公说,穷地方,平时都省得很,过年了还不让他们乐下啊!我想想也是,继续睡,约摸一个多小时,这村子的响声慢慢小了,我听见了另一些村子的爆竹声,远远的,拔地而起,回响苍穹,该是白天在小山头上环顾到的一处处村庄吧。

在雪后放晴的除夕,村子的小道上泥泞不堪,我穿着婆婆的胶鞋,深一脚浅一脚地踩在高低不平的泥石路上,祖坟在远远的一个小山头上,松柏高耸,杂草丛生,新筑的坟头清晰可见,老的坟头却掩映在茂密的草丛间。我跟着老公一边蹒跚在没有路的丛林中,一边寻着哪两座才是爷爷奶奶的坟头。山上的雪还有一些,阳光格外灿烂。我远望四周,群山青黛,树木葱茏,阡陌纵横,梯田起伏,一个个村庄在山间错落,没有江南的小桥流水,却如原始的田园庄落。未摘光的棉花露出了白色的肚兜,油菜含着雪珠在松软的黄土里欢笑,绿油油的大小青菜就在我脚边。土墙上的"少生优生,幸福一生"告诉我,这儿该和我们小时候的农村差不多;田里的庄稼告诉我,这儿的农民都去外边打工了,又该辛苦了老父老母。

老公好不容易才找到了爷爷奶奶的坟头,我们把坟前的杂草摘除,开始祭坟。烧点纸钱,摆几个菜,斟上白酒,磕三个头。一片诚意,简简单单,我看着陆陆续续来山头上坟的儿女们,双双对对,欢笑留在路上,诚意留于坟头。爆竹声响起,我们又该回了,每年的此刻就这么简单地看望一次,松柏之下,我们的身影微小,我们的脚步依稀。

村子里过年的习俗和江南不一样，才是响午，已经爆竹声声，这是吃过年饭的信号，早上随便吃点面食以后就忙乎起来，准备一顿最丰盛的过年菜。我不懂，为何不等晚上呢？婆婆说，早过就早点讨个吉利，早点发财啊！我笑了，大江南北不知有多少不同的过年习俗，然有一点却是相同的——幸福快乐过好年。一群群的麻雀"哄"的一下从村里的大树间窜出来，它们被这突如其来的巨响惊吓了，我"啊"的叫了出来，从没见过这样的场景呢！想必从今天开始，它们会吓得无处安身了吧？莫怕莫怕，可爱的生灵，过些天，勤劳的人们又该各奔东西，小山村又会是你们的自由天堂了！

黎明将至，爆竹声又一次响起，这是新年的第一天了，或许没有多久，归家的人儿又要踏上征途，四海为家，如此，一年又一年。

我仿佛又听到了《春暖花开》："生命如水，有时平静有时澎湃，穿越阴霾，阳光洒在你窗台——"

父　亲

"老公，我们先去给爸敬一杯酒吧！"老公倒了半杯老作坊，给我倒了点红酒，我们走到爸爸那桌，举起杯，对父亲说："爸，我们敬你一杯，愿你健康快乐每一天！"今天是爸六十大寿，在饭店订了八桌家常菜肴，请了所有的亲戚热闹了一番。说实在的，我都这么大了，好像还没有像今天这样，把父亲放第一位的。爸爸乐呵呵地笑着，喝着，坐在旁边的叔叔一个劲地提醒爸爸："阿哥，你可别干完，剩一半啊！"看着爸爸染黑的头发，给他买的衣服在今天这当儿还没舍得穿上，突然间心潮澎湃，思绪万千。

爸爸是村里出了名的老好人，这老好人不是说爸爸什么都好，就是那种人家说啥都没关系，家里做事要他拿主意又不会，就连家里人受了委屈，他也总说"算了"，特别不像大男人的老好人。爸爸"好"脾气，让妈妈却经常受罪。别人看不起还不算，爷爷奶奶也不待他好，连着我又不是个男孩，弄得小时候的我和妈妈经常以泪洗面。妈妈说，她刚嫁过来时，那三间简陋的平房还欠着债，妈妈咬紧牙关，早出晚归地挣工分，好几年才帮他家还清了债，后来妈妈进镇上的眼镜厂，又是全厂干得最厉害的。在我出生后，妈妈想造小屋买材料，可爸爸"嗯"了声就不会打算了，苦得妈妈忙里忙外，不得不叫两个舅舅来家里帮忙。爸呢，你让他干啥他就干啥，就是乐呵呵地不动脑筋，好像从没烦恼似的。两个舅舅那时都做木工，看爸爸只会使苦力，在外又经常被人欺负，带着爸爸也学木工。爸爸不聪明，学什么都要比人家慢，舅舅不厌其烦，从此，舅舅带上姐夫做了二十年的木工。

上世纪九十年代，家里的条件依然不好，看着人家慢慢造起了楼房，十来岁的我竟总在妈妈耳边说也想要。那时妈妈从厂里出来，在家做服装加工，爸爸听了，一本正经地说："等你初中毕业，和妈妈一起做衣服，攒几年，楼房肯定能造啊！"我撅起小嘴，"楼房要造，大学我也要读。"我白天读书，傍晚做完作业就帮妈妈一起做加工，常常干到半夜，从钉纽扣、踩夹里，到妈妈能做的我都会，最后妈妈的线也没我踩得直了。从小学三四年级到初中三年，每个黄昏，懂事的我总是和妈妈既苦又甜地在一起干活。爸爸一天天地看着，再也不说中学毕业不让我读书的事了。

我慢慢地长大，懂得了爸爸的憨厚，懂得了妈妈的艰辛，我想和他们一起撑起这个家。一张张三好学生的奖状，我每年都拿回家里，初三临近毕业，班主任带着两个任课老师来家里找爸爸谈话，问他希望女儿保送还是考大学，爸爸不知怎么回答，反问老师："你们说哪个好啊？"老师说："若按现在的水平，你女儿是考重点中学的料，但是按家里条件，保送也不错，将来分配在附近，对家里有个照顾。"爸爸看着我，又看看妈妈，我第一次看到他为难地做着选择，"爸爸，我就保送吧！明天我就把三好学生的证书全部带到学校去。"爸爸第一次显得那么深沉，半响没说话。

为了我的那句话，爸妈真的把楼房造了起来，我欢喜雀跃。我再不想爸爸被人说一句难听的话了，因为他太老实，又能吃亏。妈妈得理不饶人，有谁欺负爸，她总要吵着争回这口气。爷爷奶奶相继得了癌症，妈妈问亲戚东拼西凑把钱送到爷爷手里，爷爷临终前，没惦记一个人，就把妈妈叫到了床头："大儿媳啊，这辈子我们最对不起的就是你们这家子，大儿子老实，你们娘俩受苦了。我以前错了，你要原谅我啊！"

爸爸在旁满是泪花，妈妈哭着说："以前的都不说了，我不原谅你怎么还会来这啊？"老人走了，我从小没有他们的疼爱，却总会在拜祖宗的时候从心底问候一声，妈妈呢，会自言自语道："要是你们活着，现在该为这个孙女乐了吧，她可给家里争气了啊！"

在我结婚前，爸爸和两个舅舅把楼房重新装修了一下，我发现爸爸变聪明了，会独立做像模像样的长凳了。前年，我和老公又在城里买了一百四十多平方米的三居，每次爸爸去城里，我总要嘱咐几次，乘到哪儿再转几路，别乘错了，过马路、等绿灯，千万别着急。

在我眼里，爸爸是个需要提醒的学生，在我心里，是个对别人好过自己的老好人。一张桌子若是家里有坏的，别人家也有坏的，他总是先修了人家的再修自己的；院子里外地打工的和他说话，他总是先给人家烟抽，人家再递给他烟的；就连我们家的小狗"小白"也和他最要好，上街、剃头总是陪着他。在一般人眼里，吃亏总是不干的，既便宜了别人心里又不好过，可爸爸不这样想吧，人家说就说吧，我不在乎，我乐我的。就这样，爸爸活了大半辈子，苦日子虽多，可脸上总是乐呵呵的。六十了，人家都以为五十来岁的人呢。

村里的老人笑眯眯地夸爸爸：傻人有傻福啊！他们说的"傻"就是因为爸爸是老好人，以前总被人瞧不起，吃了亏也不怪别人。而今，哪个也不欺负爸爸了，有个和睦的大家庭，妈妈通情达理，儿女乖巧懂事，只有他们羡慕的份了。

春暖花开

在春晚的舞台上,我听到了一首最美的歌《春暖花开》,那英着一袭白衣,深情演唱。曲子宁静、温暖,像春风拂面,似爱人胸怀,有炽热的心,有无悔的爱,是对梦想的不懈追寻,是对生命的解读畅想。我的眼里闪着泪光,泪光里却满是温暖,感动至极。它唱出了你,也唱出了我,荡涤着每一个心灵,因为我们就是如此,在我们的世界里享受春暖花开的每一天。

"如果你渴求一滴水,我愿意倾其一片海,如果你要摘一片红叶,我给你整个枫林和云彩。"

我和你一样,默默在这大千世界,似一朵小花,一只蝶儿。从小沐浴阳光雨露,偶尔也遭风吹雨打,在痛苦与快乐面前,我们无所畏惧,感恩无比。我们,可以用爱装下任何的荆棘苦楚,咀嚼成温暖如丝,和你的快乐相伴。这是何等的胸襟,何等的真诚,这不是爱人的臂膀,而是大爱无疆。

"如果你要一个微笑,我敞开火热的胸怀,如果你需要有人同行,我陪你走到未来。"

别担心我力量微弱,因为我的心海澎湃。温暖的心海可以消融冰封的寒冬,火热的胸怀更可同闯天涯。我愿倾其所有,与你。请坚信自己的选择，坚定自己的步伐。人生路上，与你同行，希望就如阳光般温暖、灿烂，陪伴着我们走向未来。

我喜欢春天，万物在美丽中生长，一切生命都蓬勃盎然，焕发活力。一如我们在母亲的怀里，在父亲的肩头，在老师、同学、朋友给我们的关怀之下，我们茁壮成长着。

在这个快乐的世界里，我们炽热的心也准备迎接着风雨，因为我们知道，暖房中的花朵一到外面就会失去生机；我们明白，只要心中的春天常在，幸福和梦想才永远美丽无边。花开在心，春天才能常在，这便是我的世界。

多年前的那场磨难，掉落了我秀美的长发，憔悴了我美丽的容颜，苦痛让我泪眼迷离，我以为我再也看不到春天了。我在心底呐喊：善良的心怎还要遭受无尽的折磨？在数不尽的难熬日子里，爱人朝夕相伴与我，妈妈悉心照料与我，亲戚们为我到处奔走求医，朋友同事祝福声声、探望不断，我的泪水中不再只是伤痛，带着感动与期盼，我要坚强地活着，为我所爱的人。三年，整整三年，在无数个难忘的日子里，痛苦与快乐并存，爱与被爱同行。我坚强着，微笑着，面对一切，冲破黑暗，拥抱生命的希望。

当苦尽甘来之后，当一个新生命诞生之后。泪花儿从没这样，喜极而泣在自己的故事里，这是个真实而美丽的传奇，荆棘里的春天，更是熠熠生辉。

于是，我感恩一切。用温暖的目光迎接每个黎明，用仁慈的心怀对待每个生灵。我会把没睁开的猫咪从垃圾堆里抱回家养大，我会微笑着和蓝天白云对话。

于是，我美丽自己。用积极的态度工作，用充实的爱好点缀。一幅幅作品陪伴着每个黄昏，一篇篇文稿饱含我的真情。

我已开花，这是我的幸福。再不管生命的长短，再不用点滴的害怕，我都将感恩生命的馈赠，种下心中的阳光。照耀自己，更去温暖别人,我要世界因为我的存在多一点美丽,多一份温暖,因为每个如我一样的你和他,世界就会春暖花开在和谐的爱海之中。

"生命如水,有时平静,有时澎湃,穿过阴霾,阳光洒满你窗台,其实幸福,一直与我们同在。"

往事如烟

那是炎夏的一个清早,在病房里,倒也不觉得外面有多热。我心里异常兴奋,因为我可以回家了!每次来这里——不想来又不能不来的地方,早几天在家就会绷着脸,开心不起来。一次又一次的化疗已经将我变得很脆弱,很害怕;是痛苦,亦是折磨。但我清楚,这是无奈更是希望,一切都要我能真的好起来!

现在,我又一次将痛苦尝尽,结束此次化疗,可以飞回家啦!双腿是无力的,但心早就飞出了这沉闷的屋子。乘上电梯,心欣欣然可身却昏昏然,毕竟身子太弱,受不了化疗的摧残。走出大门没几步,还没感觉外面的暑热,我便倒下了。我从天上一下子又掉进了地狱,朦朦胧胧中,听见妈妈的呼喊声,还有模模糊糊的嘈杂声:"出院还是进院啊!""就两个人啊!"……

醒来的时候,我仍旧躺在那张刚睡过的病床上,妈妈在旁悄悄地掉眼泪。看见我,她赶紧擦去。"醒啦!你身子太弱了,是妈妈不好,应该多躺一会再回家的!""妈妈,我就想回家,在家休息比这儿好,我要回家!"忍不住,我的泪也流了。

当苦太多太长的时候,会想着逃避;但当逃避也没有用的时候,只会苦苦地想,只会默默地流泪。想着哪一天能把苦难尝尽,哪一天可把泪儿流干，哪一天快乐才能真的降临在自己的身上！

爱人不能陪我，因为一年多以来，我几次的手术已经让他的工作很不正常了。化疗只是让妈妈陪着，可我知道，妈妈的泪水不只是担心她心爱的女儿，还因为她肩上的担子太重太重。她也更瘦了，只是靠她的爱在支撑着这个家，照顾着这个懂事而受苦的女儿。我知道，我得到的不仅仅是温暖的爱，还有好好活的勇气，更有苦尽甘来的企盼！

女人是脆弱的，当不幸当孤独来临的时候，她会哭，想他在身边可以好好疼自己；然而正是知道自己不是一个人的世界，所以女人也要坚强地面对苦难。哭是宣泄，但泪水还是要自己擦，擦干眼泪，我还是我。

快乐和痛苦是相生相成的。当我的痛苦尝尽，即是快乐更多的时候！曾经，现在，将来，我同样珍惜！

风雨同路

这样的山间小路，这样的恼人天气，还偏偏没带伞，真是难为他们了！

他走在前面，她落在后面，走久了就渐渐离远了。她的头阵阵地疼了起来，在冬天她最怕寒风吹，更别说劈风盖雨了。这种滋味还是第一次，在异地，在严冬，在这风风雨雨中。

她有点难受，也有点埋怨。明明可以叫车子走另一条路的，非要这样辛苦你的爱人。可她没说出口，毕竟他也不知道这条路会这么远，他也不晓得雨会越下越带劲，更不太清楚她的头受不住冬天的风吹雨打！

此刻，他竟没有和自己并肩走着，没拉着自己的手，她觉得身上更冷，一阵阵刺痛袭向大脑，她想哭。可是她还是没开口，继续无奈地向前走着，承受着无情的风雨和点点的心寒。

突然，他停下脚步，回头一看，才发现自己走得太快，她已经落下很远了。他不知在跟谁打电话，或许又是他那烦人的领导吧！总算等到她跟上了，两个人又这样一前一后，跟跟跄跄地走着，路很长，也不知何时才是尽头。反正跨一步就少一步，一路风雨和泥泞！

家总算到了,婆婆说:快洗个热水澡吧!她纳闷:平时这个点是不会烧水的,今天怎么准备着呢!当她脱下沉沉的满是泥巴的靴子时,他望着她,抢过去刷了!她还是无语,但是全明白了!

　　风雨同路,不是非得手牵着手才算;疼惜爱惜,也并不需口口声声缠在嘴上才是!路漫长,也一定有崎岖艰难。用心去走,用爱去铺,你与我,一样能过!

饭盒上的划痕

我八九岁的时候，一个人背着书包，带着饭盒，开始我的学习生活。起初去食堂加水蒸饭，明明记得妈妈叮咛的水位在哪儿，可一到自己手里就不知道分量了，好几次都弄得粥不是粥，饭不像饭。妈妈回家看见我没吃完的剩饭，眼眶里湿湿的，因为还没有那样年纪的孩子在学校蒸饭吃的。原因妈妈要去很远的厂里上班，小小的我又没有爷爷奶奶的疼爱。从那以后妈妈就在饭盒里面划上一条记号，每次那么多米那么多水，一年年就这样过去了。

有几次妈妈下班回家，开心地打开她的饭盒给我看，竟然是我吃不到的排骨或是爆鱼。我知道它是哪儿来的，那是妈妈难得的午餐啊！妈妈只是搬动了一下位置，所以它会出现在我的眼前。晚饭时，妈妈把它热了，要我美美地享受，可我每一次都不会自己独享。我咽不下，因为妈妈不吃。妈妈拗不过我，分了一小半，然后母女俩一起甜甜地尝，甜甜地笑。那时苦吗？有苦，却甜的多。妈妈说："孩子，因为有你，妈妈才能开心活下去。"妈妈，女儿懂，女儿最怕你伤心，所以好好上学，好好读书，好好做我会做的活，让你开心，让你微笑！

孩提时，我在学校，妈妈在厂里，牵着的是妈妈的心，妈妈的爱！

　　从没离开家的我保送进师范，那是父母的期望，将来可以在他们身边。于是我开始独立生活。学习不怕，生活也没什么可怕，因为从小会做很多家务的我，这些都不在话下。最受不了的是对妈妈的思念与日俱增，梦里萦绕，心中惦念。妈妈胃不好，我担心她天凉了有没有犯病；妈妈常开夜工，不知她有没有吃了点粥再睡下。家里那时安不起电话，一封信从学校到家里要好多天，更关键的是妈妈不识字，我写的文字她一点儿都读不出来，可是我依然会写，因为我不写信，还怎么带去我的思念和牵挂啊！妈妈每次收到信时，都会急匆匆跑到隔壁退休的大爷家去，让他读给自己听，每回都热泪盈眶。她告诉我这些的时候，我也会眼含泪花。

　　那时家里条件不好，学校每个月有57元的饭票，这对于我是绰绰有余了。所以，妈妈每个月回家硬塞给我的钱，我是从来不舍得花的。因为我想让妈妈别为我的生活担心，希望妈妈少开几个夜工。我揣着妈妈每个月给我的钱，等放寒暑假时整整齐齐地还给妈妈，妈妈总是抚着我的头，把我搂在怀里，流下晶莹的泪花。在师范里，我好好地学习从未接触过的书法，在那里也感受到了从来没有过的集体温暖。冷了，室友和我一起睡；病了，她们连夜推着自行车送我去医院。妈妈每回来看我都不会晕车，每次回去都是吐得很厉害，因为她心里不舍得。我在学校的点滴进步都会和她分享，因为我知道唯有自己好好读书，才能让在家辛苦的妈妈多点快乐多点安慰。

　　三年师范，我不能在妈妈身边，可是连着我的，还是妈妈的爱，妈妈的心！

今夜无眠

今晚是大年初三，安徽的一个小村子已经恢复了往昔的宁静，没有了爆竹声声，却怎么也睡不着，明天就要离开这个一年只来这么一回的家了，万语千言在心口，却又不知从何说起。

老公的呼噜声响彻耳畔，这几天酒喝得多些，每晚总是早早地打哈欠，几分钟就推也推不醒了。儿子热得总把胳膊伸出被窝，我凑上去亲了下小脸，再轻轻把他的手放回被窝。去年回来吊好顶的天花板，在昏暗的灯下泛着一道道五彩的光影，斑驳的墙壁上重刷了白水，还能看出一道道皱褶。这张一米八的床也是去年回来时刚买的，往房里一放，已占了大半的地方，对面一张每个抽屉都关不上的旧桌子放了个14寸的新电视机，是为我们看春晚重新买的。除了地上我们的几个行李包，小小的房间简单整洁，充满温馨。

正屋里响起了几声下鸡的挣扎声，接着是公公跟跟跄跄从西屋走出来的脚步声，整个屋子的动静都清晰在一颗难眠的心中，我知道，那土养的鸡是他姨娘家大哥给我们明儿带回家的礼物，好像还有他们晚饭后说的一篮子鸡蛋，我笑笑，他们真可爱，即使我们想带也不能带在路上，不都碰碎啦？公公大概看鸡没有把绳子挣脱，又跟跟跄跄地走回西屋了，那脚步声在安静的小屋里沉沉的，让我的心也沉重起来。

公公的帕金森病愈来愈严重了，都不愿和我们一起吃饭。每次吃饭，婆婆总是另外给他拿个碗，夹点菜，送到厨房间让公公吃。我和老公不想这样，劝他："爸，你也一起吃，我们给你夹菜就行了啊！"吃年夜饭时，一家五口都坐在桌子上，我让儿子夹了块鸡丁放在他爷爷碗里，我们敬了老两口一杯酒，儿子站起来说："祝爷爷奶奶身体健康，开心快乐！"公公异常激动，手抖得更厉害，我知道，这一刻又是他盼了三百六十五个日子才盼来的，这满桌子的菜也该是他们一年中最丰盛的菜肴。

我看着他夹起碗里的菜，可又抖得掉在了碗里，我鼻子一酸，爸爸，苦了你啊！我的心痛着，无奈着，公公又回厨房去吃了，自尊心强、总怕别人会多想的他是不是在怕自己的儿女？"子不嫌母丑"，你已让我们万般怜爱，有什么理由避开我们啊！或许你想让我们多吃点，吃得开心点，可我们能吃下去多少呢，骨鲠在喉，每年除夕的团圆饭总是在难咽、无奈、不舍中结束。不是不合胃口，这菜肴是婆婆用心做的，是因为我们回来才舍得买的；却是沉重得越吃越有分量，如果公公没有这个病，我们也会和别人家一样的轻松，可谁又知，一家有一家的难处呢？

但是，即使这样，我们回来毕竟是快乐的，享受着做儿女的责任和幸福。我是他们的儿媳，来了一星期，碗也不要我洗一个，我对婆婆说："这怎么行呢，我在妈妈身边，还要干活呢！"她把我手中的碗夺走，"你们来了，我最开心啊，平时你辛苦，现在啥都不用你干。"这就是回家过年看望的父母，因为他们的幸福就是儿女来到身边让自己忙碌的辛苦，他们的快乐就是看着儿女笑呵呵地吃着说着乐着。

的确，没有比这几天更忙了的，公公总是在灶头下烧火，早上要吃什么，婆婆隔夜会问我们，糯米圆子、藕圆子放在面条里一齐煮，香糯的米粒和滑溜溜的面条同在口中消融，这是我最喜欢的早餐。儿子喜欢面粉炸成的小饼，又薄又脆，配一碗粥，这是他的最爱。婆婆把几条四斤多的鲢鱼每每切成两半，一下子烧了满锅，盛进大缸，要吃时就捞半条放盘子里，鱼大盘小，真是年年有鱼吃不完了。他们辛苦着，幸福着；我们享受着，快乐着，每一个家庭，每一个回家的游子，都如我们一样吧！

鼾声还在，今夜难眠，看着熟睡的老公和儿子，温暖的被窝之中，萦绕着我万千思绪。窗外，这静悄悄的村子里，还有多少和我一样难眠的人儿，和我一样又将踏上归途的幸福儿女。

第三辑 人在旅途

有爱，就没有沙漠

爱人在内蒙工作，每年暑假，我都会带着儿子去和他团聚。草原也成了我们每年都会踏上的土地。爱人工作很忙，难得带我们出去转转，我和儿子无聊的时候，会说些埋怨的话：不来内蒙么，盼着我们来，来了又让我们天天呆屋里。他呢，总会在最后几天让司机带我们去个地方，附近的草原、公园都去过了，那一次，司机说去沙漠玩。我有些惊奇，内蒙不都是草原么，还会有沙漠？

我们一行五人，从呼和浩特出发，驱车一个多小时，来到它面前只有清晨六点多钟，我的上身套一件玫瑰红的紧身羊绒衫，不厚，却比衬衫要温暖很多，下身是一条收腰肥腿的天蓝牛仔裤，儿子里面穿着汗衫，又加了件衬衫，可是，这样的装束也抵不过这七月凉凉的清晨。司机是爱人的好友，脱下厚厚的大衣给儿子穿上，"冷吧，太阳出来就好了。"原来人家才是早有准备的。

土黄色的沙山横在面前，与灰蒙蒙的天相连，瑟瑟发抖的我们带着点恐惧，开始登沙山。在绵延几十里宽的山脚下，我们选择了一个有利地形，那是供游客专门设置的阶梯，用两根平行的链子通向高处，中间每隔二十来公分就有一段木杆的梯子。我们一级级地往上攀，天离我们越来越近，当大家喘着气，冒着汗，出现在沙漠之上时，金色的光芒照在每一张笑脸上，连绵起伏的沙漠光滑细腻得似妈妈在锅里刚调好的面糊糊，高高低低如沸腾了一般。阳光所到之处，沙子泛起亮光，远远望去，如金色的海洋一般开阔、苍茫。

我们是今早第一批来这儿的客人，脚下的沙子紧紧挤挨着，并不是很松软，因为晨曦还未来得及把它们晒热晒散，我们几个已经打扰了它的宁静，留下了一串串清晰的脚印绵延身后。远方的驼苑飘扬着高高的旗帜，像在欢迎早来的客人。怀着敬意，我们向它走去。一只只或站或蹲的骆驼悠闲地闭着眼睛，如一尊尊雕塑，根本不理会任何人的到来。我轻轻靠在它们身边，它们睁开眼睛，却安然的像熟人一样。高高的驼峰耸起，中间是垫着的毛毯，我知道我们即将要和它们来一次亲密接触。

儿子抢着要骑第一只骆驼，领队把他扶上驼背，他拉着绳子，有些害怕，温顺的骆驼非常友好，才几分钟就消除了儿子起初的胆怯。小小的驼队开始"沙漠之旅"，成员是我们五个加之后来的两个陌生女孩。我们在朝阳下出发，目的地是插着另一面旗帜的地方。我环视四周，真不敢相信这只是个小沙漠，因为我置身其中，根本找不到外界草原的痕迹。那稍高的沙丘上留着游人各种各样的痕迹，画的图、写的符号，还有专用旅游车子碾过的车轮印迹。我想抚摸下这可爱的生灵，可自己的手根本够不着它的头，我只有摸摸身后爱人坐着的骆驼。儿子开心的像得胜归来的将军，由步行的领队牵着，我们的骆驼尾随相连，大伙在激动与喜悦中一路前进。

爱人在后面，时不时给我们定格下美丽的瞬间，茫茫沙漠，许是因为昨天的风雨，把洁净的沙子吹得似浪花阵阵、鱼鳞片片。朝阳下洒下的身影在大漠里舞动，这一串串昨天与今天的足印讲述着多少南来北往的故事。

目的地到了，我们和沙漠的旅伴道了声再会，清脆的驼铃声回响在天际。我看着身旁的爱人和儿子，心潮澎湃。儿子把沙子装在喝干的矿泉水瓶里,说要带回江南,爱人和司机夫妇俩说着两天后我们要回江南的话。我抓起一把沙子,细细端量,想听听它会不会唱歌,爱人笑我,"怕是要等到晚上,经过白天的光照才听得到吧!"这一粒粒洁净的沙子从我手心滑落,我猛然发现,自己的手还是和原来一样干净。我用食指在沙上写了个大大的"爱"字,一屁股坐在字的旁边,我想多留些时光,他看着,收起刚才的笑容,拿出相机把这一幕拍下了。再美的风景也有说再见的时刻,我和儿子也即将与他又一次别离。可是,有彼此的牵挂,有永留的瞬间,即便天各一方,心还是在一起啊。盼着聚,聚了别,然后重新的企盼,再一次的分别,悲欢离合就在我们之间回环往复。

又是一个春天,我独自徘徊在柳丝轻拂的秦川河边,没有他的身影,思念与惆怅萦绕心怀。寄一首《蝶恋花》慰藉彼此,以抚相思吧。"烟雨茫茫春欲就,梦里江南,原是归时候。恰似嫦娥挥彩袖,良辰美景情依旧。河畔青芜堤上柳。且怪东风,吹皱西湖瘦。空对小桥无尽秀,兰舟犹唱红酥手!"我知道,再美的春天也没有爱人那般的温暖,可又何如呢?

一天,他发来一张我骑在骆驼上的照片,是我回头看他的模样,玫瑰红的上衣衬着天蓝的牛仔裤,在茫茫大漠里显得格外生动、鲜亮,长发披肩的我,眼眸里尽是纯真的笑颜。那是身后的他抢拍到的,这点留念,这些回忆,会是他孤独时最真切的陪伴,也是我难眠时最好的药剂。

那个大大的"爱"字会在风沙扬起的时刻越来越模糊,而我知道,写在心上的"爱"字却愈久弥深,越发清晰。有爱,就没有沙漠。

我牢牢记住了那个沙漠,名字叫响沙湾。

一路阳光

走在路上，每天都有一缕阳光。有时洒在身上，温暖无比，甚或钻进心头，快乐非凡。

每天上班，我都要走过一座桥，再穿过一条马路，然后再过一座更小的桥，便到学校了。马路的一边靠近集市，每个清早，车水马龙，人头攒动，老人买菜卖菜，小孩在父母各种各样的车里被送上学，那些木工泥瓦工等常常聚在马路边抽着烟等出发，吆喝声，说笑声，混杂着各种交通工具的噪声，俨然有点像清明上河图。十年来，我早已习惯了这份热闹。我走至桥中央，迎接着每日熟悉的场景。然后把头扬起，细细听那枝头小鸟的鸣唱，把头低下，静静看小河里倒映着的树影婆娑、流水人家。

然而，我来不及多去观察周围自然的变化，多去体会余存着的江南韵味，因为我的视线不能远离这喧嚣的马路，"又去上班啦"，扫马路的那位阿姨每天都和我在同一地点同一时间里相遇。她是负责清扫桥面至桥下这段卫生的。桥面的垃圾不多，而桥下这段就很糟糕了。这段路面的旁边恰巧是一排快餐店，是外地人开的小餐馆，招牌和店面都不讲究，但因为口味不错，路边经常停着一排的过路车，每晚生意红火，到第二天早上，就留给了阿姨很多的垃圾。阿姨不放下她手中的笤帚和我打招呼，其实我连她的名字也不知道，也没叫过一声阿姨，但是她和我说话的时候，我总是笑着答的，"又在辛苦啦"我每天回的也就如此这般。我在心底送出对她的敬意，这么脏的马路，这么早的每一天，辛苦自不必说，心头还像那阳光一样灿烂，温暖，把微笑给予我——一个陌生却也同样喜欢微笑的人。每一天，彼此嘴边的微笑竟如清晨最早的阳光一般，升起、释放。暖暖的，洒在心头，溢于眼角。

我带着这升腾起的暖阳继续我的路途，集市的出口刚好和马路交汇，那是行人车辆最拥挤的地方，每到这时是最容不得马虎的，就好比一个字的精华之处需反复掂量，好文章的点睛之笔也要仔细斟酌一样。这丁字形的汇合处没设红绿灯，多的是父母接送孩子，老人上街买菜，来往车辆一到此地早就心知肚明，慢慢来，不能急，于是拥挤喧嚣的马路这段又平添了几许可爱。我因此也明白了为什么交通事故多的地方倒不是在拥挤的街道，而多的是想超车的红绿灯附近。因为人心已经有慢慢走的概念，他就不会再张牙舞爪、抢先一步，有着这种慢慢的心理，我想在快节奏的都市生活中不失一种好心态呢，我微笑而过。

我顺利地到了马路对面，那家生意好得很的早餐店不知什么时候关闭了。说也奇怪，附近连续开了几家档次不低的饭馆，总是不到三个月就关了，有的改成面店、粥店，怎么也不见好。开开停停，停停开开，一波又一波地换了招牌，就是没看到和开业当天噼噼啪啪放爆竹一样的红火劲。唯独这家早餐店，经营得价格比集市里贵，但顾客盈门，排队等候。且说那老板还很奇怪，若遇糟糕天气，或遇有事不顺，他准会打烊一天，把办公室那几位习惯吃他家早餐的同事弄得莫名其妙，以致得出结论：那老板脾气古怪，不是看效益，而是看天气和心情。如今彻底关闭的早餐店冷冷清清，带来了许久的回味，带走的，该是老板片刻的回忆吧。愿他继续用美味留给客人回味，只不过时间千万别太短了，我在心底祝福。

一路上，我只有十多分钟的路程，而给我的却是许许多多难以忘怀又将天天更新的镜头，这里有心灵的感动，有生活的哲理。有一个个平凡故事，更有每天熟悉我和我打招呼的阿婆、孩子等。每天出门前，我都会照着镜子看着自己微笑的脸庞，因为我会将如此这般的美丽和自信带在路上，带去工作和生活中。

愿将心底的微笑一路洒下，如同那暖暖的阳光。

鼋头渚点滴

茫茫太湖，渺渺烟波。

太湖，美丽的自然之子，在时隔近二十年光阴的时候，我已不再是那个懵懂的女孩。那时怎样的心境尽所剩无几，如今怎样的感慨，也是点滴拾来。

在十一二岁时，我曾与她见过一回。那次，学校组织四年级到六年级的三好学生去太湖春游。看过多少地方，已全然忘记，只剩下老师给我照的那张相片嵌在父母房间的旧相框里，时而看到，还能追忆曾经的模样。那会的我剪着齐齐的学生头，乌黑浓密的头发遮住了耳朵。望着远方，我神情迷茫，不知在想些什么，身后的"鼋头渚"三个字遒劲有力，让我留下了太湖那么多景点唯一的记忆。

那时的我是难得出这样的远门的，只知道认真读书，不让父母失望，或许我还没有真正的长大吧，静穆之下隐隐地带着彷徨与担忧，躲在自己的角落里。

辛苦生活，这算不得风雨；只有搏击风浪，才能真正领略人生的精彩。像电影《少年派》中，那个在海上飘渺着一点点希望的派，如果没有智慧与希望，没有感恩与信念，我想他不会活着靠岸。这生与死的考验，伟大与渺小的转变，是永不磨灭的精彩，他活了一次，就是一辈子。我们再难，也没有那么险恶的环境，请怀抱希望，在任何风浪中。

那么，似浪花一朵的我，在浩渺的宇宙中，在变迁的岁月里，有多久？有多美？都能算得了什么呢？我们是观者，是匆匆的过客；而在恒久的山山水水面前，我们何尝不是被观者？何尝不是它们脚下的一粒沙石、一朵浪花、一株小草呢？在青春不再重来的时刻，你与我，千万要珍惜属于我们的每一个日子，快快乐乐在自己的心底延长生命的岁月。青春不会回头，然而春天可在心头永驻。容颜不再美丽，但是眼底可以尽收美好！碧水依旧东流。你与我，但愿开心过好这短暂的人生！

想到一些灾害，是大自然给我们的。因为有灵性的它们，会在很多时候默默的教育、提醒着人类，人类却不会因为在它们面前的渺小而掩盖许多时候的贪婪、自私。而当偶然到必然的那一个可怕时刻发生的时候，却无半点力挽狂澜之势，然后伤心欲绝，悔之晚矣。于是人与人需要和谐，人与自然更需要和谐。因为它所带来的是代代生息还是无情灾难，人类不仅只是思索，更需要行动！

堤岸旁，许多人围着三个老外，一个是母亲，还有两个长着金发碧眼的漂亮男孩。母亲挥手让人群走开，可是仍有几个像发现新大陆似的打量着他们。母亲有些不耐烦了，"请你们别在这儿打扰我们了，我们在看远处的游艇呢！"一句话把大家怔住了，原来老外会说一口中文呢！你是风景里的风景，人群总算散开了！"入我眼中皆为画"，我想风景如此，人也如此。美好的东西在你的眼里了，它也会在你心里；可爱的人儿在你眼里了，她也会在你心底；若是在彼此的视野里尽存了美好，那便一辈子永驻了幸福与甜蜜！

如今的我，眼里总闪着些光芒了。

这样的遇见

　　人是需要感动的,当越来越多的人眼神变得黯淡冷漠,甚至忧伤这个世界的时候,我们不禁唏嘘:难道我们真的丢失了什么?

　　那天和姐妹逛街后准备回家,坐上拥挤的公交车时天色渐暗,心中还真想能快点到家。车厢嘈杂,原来是一个20来岁的男青年和维持车站秩序的治安人员发生了争执。我隐约听见了事情的大概,男青年上车时碰撞了治安人员,没说一句话,就闷着头在暗淡的车厢里自顾自的看书,年纪大点的治安人员心中不满,说道:"你撞人了还不道个歉?我得去医院检查一下。"他们越吵越凶,任凭车上的人怎么调解也停不下来。时间已经过了20分钟,天色渐渐暗下来,大伙的心都急得担忧和烦躁起来。这么晚了,再吵下去,谁也不让的话,啥时能到家啊!可他们,一个捧着本厚厚的书,吵几句还不时瞄几眼书上的字,一个说要陪他去医院马上检查。我想不明白,为何一声"对不起"在这当口会变得如此沉重,无法开口呢?为何一点碰撞也耿耿于怀,不能退让呢?事太小了,却因为双方的不退让僵持了半个小时,如果警察不来,我不知道到底谁会退让、作何了结。

　　人与人本不会认识,也不会无缘无故地相识,然而这样的遇见,他和他，却如此冷漠和遥远，我相信那青年该是个文化人，捧着本像辞海一样厚的书还要在暗淡嘈杂的环境里旁若无人地看。事情太小？无足轻重吗？还是不在自己身上不值一提？可是正是这太小太轻易的一句话一个细节，才会让感受的人更生疑问和不一样的体会啊！

　　人，怎能孤立在这个纷繁的大千世界，即便"心远地自偏"，那也是心对自然纯真的回归和对社会暂时的不屑。如果因为你的冷漠淡漠了周围，那么世界也会更加冷漠晦暗；如果因你的微笑和大度温暖了本容易受伤的繁杂之心，那么人与人不用相识也竟是和谐之音。

　　人不在乎能得大事，享大福；而贵于仁之小节，乐之内心。如此，我想一生也是微笑幸福的！因为心在，爱在，感动便常在，世界也会因为自己而更加温暖，更加美丽！

　　有很多东西，世间都可有可无，唯有一种东西是我们的心灵永远不能丢弃的。我和你，可以看不懂权、钱、利的交易，可以享不到荣华富贵的生活，但是，我们自己，该是对得起内心的。

人在旅途

七月,我们转车在北京到内蒙的火车上,刚在拥挤的硬座车厢坐下,看着通道里站满的人,还在暗自庆幸的时候,竟越来越闷,才发觉这一节的空调是坏的。外面的暑热比不得车厢里满满的"人气味",闷热和嘈杂在这儿散发、徘徊和堆积。我用扇子不停地给儿子驱赶热气,渐渐地心有余而力不足了,再渐渐地,老公在身旁给我们扑哧扑哧地扇了。相邻的餐车厅偶尔开门的时候,一阵凉风透过来,像渴极了的喝上了一口清凉的水,可是只有一小口,又怎么能够舒心呢?

我睁开微闭的双眼,看着钟表上慢慢转过的分秒,心彻底凉了。还有四个小时呢,我不知道自己还能坚持多久,只觉得心口堵得难受。我拉着儿子悄悄走过餐车厅,只想着那边是个凉快的世界,一定能让自己舒服一些。走到餐车厅的尽头,再过去就是卧铺车厢了,很安静,有的门开着,我能看见空着的铺位,好想能躺一会啊,我看到了希望。我急急拉着儿子再返回原位,让爱人去补票,可是车厢服务人员说没有了。爱人说:"你们再去那边呆一会吧。原本想白天8个小时的车程有座位总能很好过的,谁晓得空调到现在都不修呢。"

无奈，我拉着儿子再一次想去那儿时，还没过餐车厅就被一位在吃饭的中年乘务员拦下了。她绷着脸，大声地嚷："喂，你是几号车厢的，怎么跑这边来了，回到自己那边的车厢去！"我不知道她有没有注意到我难看的脸色，我的双眼模糊了，那难受闷热的身体一下子被这重重的话语砸得瘫软无力。泪水不住地往下流，可我还是用尽力气在发泄："我是七号车厢的，空调坏了四个小时还没来修，我头晕闷热得难受想去那边过道里呆一会，不可以吗？"回答的依然是冷冷的"不可以"。我哭着跑向了爱人，满车厢的人看着，有人要我们去投诉，我依然只有想不通的泪水，而他们那些工作人员还在高谈阔论，说着"今天是六月十九，观音大士的出家之日"。

我倒在爱人的怀里，不再是身的疲惫，而是心的冰凉了，泪水不仅是我的无助和不理解，更是对自己心底常怀的人间温暖与感恩的怀疑和质问。我想人都是有感情的，为何无助的时候不可以用一丁点的小善，让求助的心灵得到慰藉呢。我错了么？我眼中的世界真的如此多变和冷漠吗？我不信！可是今天的小事真的让我心酸。人心的那点仁慈之念为何要藏那么深呢？难道每个人的立场不同，那些规章制度也可以不带感情的循章办事吗？冷漠、不为所动伤不了人的身，却会重重的伤人的心。世间冷暖或许就是在这样的小事、这样平凡旅途中才更能体现更能感受吧。

爱人说，你的世界太小太美，正是这普通的车厢才能让你真正去了解社会的另一面，这点感伤在旅途中能算得了什么。人在旅途，本该看淡一切吗？

我依然不信。

在内蒙呆了一个月，我和儿子准备回江南了。不舍得离开爱人的我们，又踏上了回家的列车。车子比来时的要高级，一位下铺的阿姨问这问那，和我说话。我没有一点防备，和她开心地攀谈起来。原来她也是去内蒙和搞建筑的老公团聚的，说着一个人的辛苦，还有子女们的成就。已经发福的身子，一定藏着她的疲惫，她乐呵呵的脸上也一定诉说着内心的快乐。对面的小女孩和儿子玩得起劲，从中铺爬到上铺，嫌冷又小心翼翼地下来，一起玩魔方，彼此讲故事。

　　临下车时，阿姨非要让我记下她的电话，还希望我以后去她美丽的家乡浙江找她游玩，小女孩看着我和儿子整理包袱，挥手和我们说"再见，再见"。

　　一次往返的旅途，有了两种天地，人生，也和它相差不大吧！

空空的轮椅

前几年,舅舅总不太顺利,上班辛苦受累不说,每年都会在机器上弄疼手脚。那次,腿被上面的铁块掉下来砸断了,坐了半年的轮椅,才渐渐站起来。每次去看他,总能看到那张轮椅,我就期待能有一天不再看到它,盼望着舅舅和以前一样健康。渐渐地,若是看到别人坐着轮椅,我的眼神也会多逗留一下。

可是有一天,我看到了一辆空空的轮椅。

那是一个清早,上班的车辆络绎不绝,我走到桥上,看到一个七十来岁的老大爷正推着车子在慢慢地走。车子里放着两块豆腐,一条鱼,几根小葱。看上去,那轮椅已经有几个年头了,扶手的地方漆已掉落,露出了斑驳的铁痕,如果不是曾经坐得久,是不会如此的。大爷步履蹒跚,神情淡然,目视着前方,双手扶着独轮椅,一步一步地在桥上推着,移动着。

那坚实而陈旧的轮椅空荡荡的,在路上,成了好奇的我眼中的一道风景。隔三差五,差不多时候上班的我总会与大爷擦肩而过,渐渐地,不知为何,我竟伫立在原地回望他的身影。大爷一定是坐过那椅子的,看得出如今腿脚依然不灵便,而他却未能坐在里面。

推他的人去哪了?他的子女又怎么了?

日子久了，我反倒像是知道大爷了一样，在脑海中复原着他的生活。

大爷的老伴定是不在他身边了，那个曾经让大爷坐在轮椅中，天天伺候着他的老伴或许已经先离开了他。没有人像她那样推着他，和他唠叨，和他说笑，所以大爷再没有以前那般的快乐。儿女忙于工作，可能三天两头来看他，但又能每时每刻陪在身边么？大爷一定是体谅儿女的，能自己解决的就要如老婆子在一样活着。他肯定怀念他的老伴，天天推着他的感觉如今只剩下了回忆。于是，大爷跟跟跄跄站起来，慢慢地把轮椅当成自己的拐棍，发现双手扶着，竟有了新的依靠。大爷可以走路了，可以上街了，可以对老伴说声"放心"了。

或许，有可能不是这样呢！那么，是老伴为了儿女，也去了城里？留下了固执的大爷？常熟农村很多的大爷大妈为了儿女们在城里安逸的生活，住上去负责接送孙子孙女读书并照顾他们。是大爷的儿子需要大爷的老伴照顾孩子，而剩下大爷和轮椅么？曾经推着大爷的老伴要在新的环境再次为儿女们辛苦，曾经享受着晚年有个伴的大爷，丢下了原本属于自己的美好，重新艰难地走过每一天。是这空空的独轮椅载着大爷前进的希望，早早地起床，和正常的人一样来回在路上。

我知道，我想得太多了，但是，大爷的身影我希望能见得久些，再久些，那轮椅也可以旧些，再旧些。

雨后漫笔

这里的雨水真少。来了半个月,只下了一场小雨。待那场雨过,天气骤凉,晚上散步时竟微微觉得冷了。下次的雨也不知道什么候再下,或许那时我们早回家了。听爱人说,这儿的雨难得下,可真要下了,大家总是有点害怕,各部门总要提前做好防洪抢险准备。我说,这么小的雨用得着这样大动干戈吗?他说,有时一下就是暴雨,不提前准备,会出现塌方、决堤等严重后果。我纳闷,为何江南有那么多雨这儿却难得光顾,为何这儿难得下雨还要提心吊胆地做好准备,这雨应该是贵如油、多下点才好啊!

或许我想得太简单了。

这儿和江南本来有着很大的差别。江南是湿润的,连空气里都弥漫着柔和细腻的味儿。风儿拂过,柳丝垂面时,江南水乡便如秀美的女子一样温婉清甜。细软的泥土增加了雨水的贮藏能力,江河湖泊又能将雨水从容聚散,所以除去肆无忌惮的连绵暴雨要当心防洪,一般的水乡人们早习惯了江南的多雨湿润。看,草坪上的草一拨拨地长了又被修平了。孩子们坐着躺着、嬉笑追跑的,青年成双成对、呢喃倾诉的,老人舒展腿脚、唱唱跳跳的,都在这绿油油的草地上铺展开了美丽的画卷。

而细细观察脚下的这片泥土,有的呈红色,铁锈的那种;有的呈灰白色、淡黄色。无论哪种,它们中间也应该有空隙,却储藏不了很多水,不然为何雨过天晴才一会的功夫,泥土又是干干的模样呢?如果"久旱逢甘霖",那也应该把水多喝点下去吧!想到那些在草原地带耕作的小小身影,想起每次含在嘴里酥软细腻的大大土豆,我又不禁敬佩于这片土地。大概是土壤的每个空隙饱含了草原农民的辛劳才有了这些收获,而干涸的泥土又需要他们多少的汗水呢?

八月本该是草原最绿的时候。那天司机带我们去草原,因为三年前我曾去过另一处草原,想着该和那儿差不多吧。而行了三个小时的路程之后,展现在眼前的竟和想象中的差别极大。草不是太绿,只淡淡的青,还夹杂着一点浅黄。草只一点点长,稀稀朗朗,还不够覆盖整个细小的土壤缝隙,却还遭受着游人无尽的踩躏。远看是草原,可走近了,觉得一点不像。一匹匹马儿四散其上,一批批旅游的人踩踏其上,大大小小的车身碾在其上,真的心疼这些缺乏营养、缺少滋润的草!我们走在车子碾过的路边,看着一望无际的草原却只有淡淡的绿,没勇气再走下去了。这片土地不缺生气,因为远道而来的人都向它捧场,那最缺的该是雨水吧!当地的牛羊被赶到了别处山头,因为游人的到来让每个领地的主人收入可观并超乎想象。

游人只晓得草原上"风吹草低见牛羊",草原人民也一定热情好客。于是一个个,一群群,一批批的人都来了。骑上马被牵着走的,坐上他们的车学着自个儿开的,听着草原的歌声不知不觉被他们要求参加礼节的,只要你来到这片土地,就一定会和它发生关系。你来了,便不能轻易地走,开心的有,失望的也有,有点恼怒和后悔的或许还更多,然而正是如此,这趟草原之行也就真的永久藏在脑海中了。

或许,期望中的景象总是胜过了实际的美,因为想象丰富的大脑不许它染半点尘埃,只有放下思维的定式,用心去发现或完美或残缺的可爱,那么即便遗憾一点,又有何妨呢,去了终是去了,别说后悔。

不老的歌

人可以没有青春，但心可以一直不老。

那是四年前放暑假的第二天，我们被学校要求去市里参加全市语文老师的统一考试，从八点半一直考到十一点，精神绷得紧紧的，一点空闲都没有。考完打手机给书画研究院的张浩元先生，他是我的老师。手机接通后，问他在不在，他说在，不过中午有人请吃饭。我想，那就下午过去吧。挂了电话才几分钟，老师竟回电话来，说让我现在就去。其实，我从没去过老师的书画研究院，更没去老师家亲自拜谢过，一直以来和老师书信来往。难得在书协聚会的时候，见他在台上神采奕奕地发言，听见他幽默不凡的谈吐。今天可以有空看望老师了，可手里除了自己写的两幅作品想请老师指点，别的一点都没准备。

在我看来，老师的研究院就是他的大书房。屋内橱窗里摆放着厚厚的书，墙壁四周挂满了书画作品。临窗是青青的翠竹，透着几分雅致和一丝清凉。他招呼我坐下，给我倒水，我看见桌上十来个杯子，料想今天一早已经在这儿坐过多少客人了。他告诉我，本来刚走的那几个客人要请他一起去吃饭的，听说我要来研究院，老师和他们打了招呼谢绝了，还说"我学生第一次来书画院，做老师的怎么能怠慢呢？"听着老师幽默而真诚的话语，我心里热乎乎的，一个小小的我还让老师这样对待啊，真是受宠若惊。老师看了我的字，肯定之余，希望我胆子大些，在楷书的基础上学点行书，多看优秀作品，取长补短，触类旁通。我一个劲地点头，老师说的句句在理啊！

我坐不住了，因为老师书桌上全是他写好的字，我径直走过去欣赏。老师一幅一幅给我看，问我看了什么感觉，我说风格有些变化，通篇除了一气呵成之外，还在笔墨的浓淡枯湿中透出了古色古香的韵味，古拙中带着灵气，像一幅泼墨山水，远与近，动与静，浓淡与干湿都在一张纸、一支笔的魅力中和谐绽放。

时间过得很快，老师把"夏荷斋"从早已准备好的信封里拿出来给我看，我很感激，因为我只是在信上和老师提过自己的工作室，没有要求老师题字。他又从一大叠作品里挑了几幅字给我，一起小心翼翼卷起来封好。其实以我性格，老师不说给我作品，我是万万不会主动要的，因为我尊敬老师，更尊重凝聚着老师辛劳和才华的作品。老师说："时间不早，咱们去吃饭吧！"我心里想，我匆匆来一点都没准备什么，嘴上一直叫他老师，可连拜师酒都没请过，哪能第一次就让老师请客呢。我说，同事在楼下不远处办事，就不用麻烦老师了，自己和她们一起吧。老师突然一本正经地说："你打电话叫她们一起来，吃好饭我送她们每人两幅字。"我打电话给女友，说明了情况，她们带着兴奋和感激找到了书画院。老师还是客气地递水招呼，我想我们在书画院里应该算是客人里的最小辈了，可老师却仍热情满怀。就这样，我这个小小的学生第一次被老师邀请在一起吃饭，连同我那两位同样心怀感激的女友。

老师有70来岁了，可是你不亲眼看见，很难相信眼前这个精神矍铄的长者有这般年纪了。他一米八的个子，白短袖，牛仔裤，干净利落，清清爽爽。举手投足间神采奕奕，幽默诙谐。有一次，他寄来请柬让我去参加书画院成立两周年的大会，在常熟的天铭大酒店里，500来人济济一堂，他在会上风趣地说："很多人说我是个傻老头子，什么都不缺，还要忙活着这么多事儿，真是不懂——"他对我们说："我在，他们再有意见也不会闹情绪，我只想大家都能和谐地为常熟的书艺添光增彩，别为了自己的一点私利心各一方。我什么都有了，还图啥？活得开心一点，大家都能过得好好的，这才是最好的啊！"

老师的为人处事就是如此，只知自己对人好，不求别人怎样回报他。其实很多去他那儿的人，都是去学习和问他要作品的，来了多少人，送过多少字，他数不清了，只知道没有拒绝过一个人，没有因为别人来求字而要别人记着他的恩。真的能像他这样的书家大家，能有几个？所以他在我们眼里，在所有认识的人心里，没有人可以指出他的不足。有领导才能，有大家风范，有豁达心胸，有乐观情怀，更重要的，他真诚友爱地对每一个人。

其实，早在我去他的书画研究院前，我和老师已经通过好多书信，那些厚厚的书信让我越来越清晰地肯定，他就是自己心目中的好老师。在我第一次参加书协年会时，他不认得我，问了我一句，你叫什么？我说葛丽萍，他一惊，就是身体不好，给我写信的那个？我说是，往后的几次，一看到我，他就叫我小不点。见的不多，信倒是很多。每次写信，我都叫他老师，不管他怎么想，自己倒希望能做他学生。他呢，有信必回，而且每次都会放上几幅作品，过年时还会给我寄来新年祝福，每次都让我感激至极。八九年来，老师的书信和作品我都数不清了。去年的冬天，我也做了件特别的事，把老师的信按照年月先后，统统理了一遍，又打成文字，存在了电脑里。

他的每一封来信，都让我感觉他就是我最敬重的老师。一番番话语，就是一位内心清澈、心胸豁达的长者对一位希望上进的晚辈说的，这里有老师对学生的关心与希冀，也有一位书家对事业的热爱与真情。我清楚地记得有这样的几段话：

"我是个军人，是个老粗，真的，有一点你是说对了，重事业，想把书法家协会搞好。年龄大了，发挥点余热，为常熟文化名城做一点微薄的事情。"

"你向疾病作斗争是生命的胜利者，相信你会一天天好的，散散步，教教书法，做喜欢的事，最重要的是精神要振作，思想要开朗，只有这样，身体才会越来越好。说实话，一个人到世上来都是转一圈，就是活了一百岁，两百岁也都要消失的。一个人想通了反而会活得有意义。"

"你是一个顽强的人，记得我还在书协时，有次年会上曾不点名地表扬过你，人能够在困境中还爱着书法写着书法，是我们都该欣赏学习的。你年轻，有这样的经历也是财富，一定要天天有个好心情，在书法、工作和生活中开心地过好每一天。"

或许，老师一开始并未把我当成学生，因为他对每一个人都很热情，但是有那么一天，老师把我写的一段文字写成书法作品，落款赫然写着"丽萍语，老师录"时，我开心地笑了。因为我知道，老师已经懂学生了。

我与他，原本素昧平生，因为书法，我幸运地成了他的学生。其实，水平在我之上的人都能是我的老师，而张老师品行更多，才是真正的老师啊。

更有让我感动至极的，是老师有着那样的一颗心。

那是个秋高气爽的午后，我带着即将要寄走的参赛作品，又来到老师的书画研究院。

老师照例热情地招呼我，我看到屋里的客人，笑着问了声好。每天都有不同的人来这儿，所以每次来都能遇到没见过的生人，这已不足为奇了。我把近一米八长，宽八十公分的作品缓缓展开时，老师边看边夸："这幅作品的字比以前的更劲道更漂亮，这么鸿篇巨制，心血不少啊！"他边夸边招手示意他的朋友，"你看，这就是我刚才提到的学生，这是她写的。"听着老师的亲切和赞扬的话语，又开心又有些失落的我喃喃自语："我想参加全国比赛的，可是，不能退稿，我怕以后——再见不到它了。"老师拍拍我肩膀，激动地说："这作品要是入不了，你来找老师！"我笑了，不是因为老师的话真的能成真，而是老师总是会在我失望和受伤的时候逗我开心，给我力量。

老师认真地说："每次你给我看作品时，都呈现着一个进步的你，这些年，老师为你高兴，入不入是早晚的事。记住，我们凭的是实力，这就是最棒的，看老师这几年给你积攒的散文。"老师边说边从小抽屉里拿出一个文件夹，小心翼翼地打开。我惊呆了，这是我近两年陆陆续续在报刊上发表的散文，老师竟一篇篇剪下来整理在一起了。我不知道老师会如此看重我写的小文章，因为那都是自己生活的零星碎片与点点感悟，不值得一个古稀之年又乐于书画的长辈如此用心。我不知所措，却是心潮澎湃。

我轻轻卷起作品，老师帮我扎好放进画筒，送我到门口，带着满满的感动。我不敢回头，一幕幕温暖的画面清晰地映入我的眼帘。有那么一次，老师不经意看到报上有我的散文，非常欣喜，边看边说，"这孩子还能写散文啊！"过了阵子，他又读到了，细细品品，还有点味道。然后和先前藏好的那张放在了一起；再过些天，还读到了，老师得意地笑笑，"不错，越来越多了，我得整理下了。"于是，老师找到不常用的剪刀，小心翼翼剪下小文，带着点欣慰与自豪，他总会时不时地翻翻报纸，看看有没有我的文章，读到了就细心剪下，无人时会整理在先前的文件夹中，有人时，还时不时传朋友看看。两年下来，竟有几十篇了。这一篇篇对别人来说不值一谈的小文，竟让他增添了好多快乐，因为这是他心目中一直了解的学生——一个要求上进、坚韧顽强的女孩。而他，是她的老师，他为她高兴，他因她自豪！

如果青春已不在，没什么大不了，谁也阻止不了岁月的脚步。然而微笑着对人，幸福着做喜欢的事，老师就永远在唱一首不老的歌。

当我把作品寄走，依然开心地迎接每一天时，我想，自己一定要足够优秀，让他将我的点点成绩，再用心积攒下去。

好姐妹

我没有亲姐妹，不过听医生说，本来我是有个孪生姊妹的，是妈妈怀我时胚胎发育不好，我那个不能出世的姊妹未发育便夭折了，这且先不论可怜，它还留在我腹中，等我做新娘的第十五天，竟在我腹中发作，疼痛难忍。那时还不懂这畸胎瘤的根由，前阵子听医生解释才明白，我和妈妈开玩笑："那个妹妹或弟弟一定没我厉害，不然出世的可能是她不是我呢！"

十几年前，为了给我治病，一家人操碎了心，那些日子，瘦弱的我天天会问同一个问题：一个美丽善良的新娘为何要遭如此痛苦的洗礼？十几年后，我才知道，这是妈妈成全了我而牺牲了未发育好的孪生姊妹，是妈妈给了我生命同时也要我经受风雨的考验。

亲姐妹是不会再有了，可有几个姐妹却在我的生命中心心相印，亲如家人。

记得刚进师范，有个叫丁文霞的女孩和我分配在同一宿舍，也是常熟人，脸长得圆圆的，室友都喜欢叫她"圆圆"。圆圆活泼开朗，时不时唱一段越剧，哼几曲流行歌曲，做事大大咧咧、风风火火，如果不是正巧分在一起，内向的我肯定不会跟在她身后。然而，她是班上的书法课代表，字好，口才好，唱歌好，要是个子再高些，一准是班花了。我呢，偏偏当时也参加了书法兴趣小组，可我从小没基础，只是学校出黑板报的一份子，于是能歌善舞的她就带着比她高许多的我进进出出在教室、宿舍和食堂。我们一起学习一起生活，我成了她的小尾巴。她活泼，我文静；她阔绰，我节俭；她不小心把话说重了，我就不声不响生气了。渐渐得，她因为我而变得心细了，我因为她也变得开心了，她唱越剧《桑园访妻》，我才发现她活泼之中还有很多温柔，我兴奋地把她带回家，因为妈妈喜欢听越剧，她拉开嗓门就唱给她听。冬天，怕冷的我经常把冲热的热水袋烘凉了还睡不着，她就从她床上钻到我被窝，在另一头给我暖脚。第一次在远离家乡的师范里发高烧，她和几个室友推着自行车把我连夜送到了医院，挂了一整夜的盐水，她没敢合眼。我写的字有进步了，她比老师还开心；我的笑容越来越多了，更是缘于她的乐观、向上和率真。

十几年前的那场病，她没有出现在我的病床前，我以为她变了，在工作和婚姻之后的她还会如以前一样的天真可爱么？我没奢望，其实那会儿我真的没想过她能来看我，我只希望病魔能被善良的心征服，能被诚挚的爱折服。直到有一天，当我已经淡忘了曾经的苦痛，微笑着看待一切时，她带着全家来找我了，她流着眼泪说："萍啊，这些年你怪我了吧？"我摇摇头，她又转身对我妈妈说，"阿姨，真是我不好。"

我看着她有点微胖的身子，说："圆圆，我们一直是姐妹，以前是，现在也是。"

"萍，你生病的时候，我不敢来看你，我怕你受不了，也怕自己看到你，我忍不下心。可你的消息我一直会打听，问你的同乡还有老师，萍，真的，原谅我没有在你痛苦的时候给你安慰，我这个姐妹没当好啊！"

"圆圆，这些话已经让我看到了风雨中你也在背后默默鼓励我的样子，今天的阳光里同样有你的企盼啊！"我们相拥在一起，感受心与心的温暖。

在同事中，有两个小姐妹也特别投缘，人家是桃园三结义，我们是梅荷三姐妹。老大名红妹，喜欢梅，我和最小的三妹同是夏天生的，喜欢荷。她们俩，一个音师毕业，一个幼师毕业，都是能歌善舞之人，且能说会道，性格爽朗又做事心细。我呢，唱唱跳跳是比不得她们了，只能安安静静地习字练功。有一次，我说话不当，朱妹提醒了我，我赶忙向老大赔罪，哪知姐姐就是不一样"谁让我最大啊，总得让着点小的了，没事。"我羞红了脸，向姐妹们保证：今后再犯，一定重罚。今年是陆姐的本命年，我和朱妹说好，去大商场各买了一套红色的漂亮内衣送给她，我们边送她边开玩笑：美得你呢，自己这么大也没买过这么贵的内衣哩！你猜她怎么答？"两个机灵鬼，等明年，我肯定送你们更好的啊！"一句话，又把我们说羞了。

我们三个，每天在一起工作，忙碌之余便谈天说地，唠唠家常，哪一天不见了人影，总不出半天就会问哪去了。我想这该是姐妹间寻常的，平凡却真实，没觉得一天天的工作有多辛苦，却收获着越来越浓的真情。

姐妹不比兄弟，兄弟吃吃喝喝肯定顾家少了，姐妹可不一样，逛个街也难得聚在一起，一会要送孩子学这学那，一会还得买菜做家务，都是先照应家才有心思买衣服逛商场的。姐妹又不比父母，父母隔了代，有时我们的做法已不合他们的传统，此时，就去找她们诉诉衷肠，一准与你心有灵犀。

与她们为姐妹，是人生路上一大乐事，温馨，如沐春风。

虞慕堂

有个退了休还在常熟市红十字医院留用的医生，叫虞慕堂，他祖籍宁波，是个外科医生，动胆结石手术就如家常便饭。既是外科，又怎么会是我的医生？十几年前，我是妇科病，也不认识他。后来我被送去上海肿瘤医院动了手术，回来后镇医院的院长把虞医生介绍给我，让他给我进行化疗。

虞医生是个热心肠的人。看我瘦弱的身子已动过了两次手术，现在，又要经受化疗的苦痛，很是同情。每天他都会来病房里询问我的情况，笑眯眯地和我说话，有时看着我吐，他一脸的同情。我吐得越来越厉害了，从输液拔掉针头半小时不到，直吐到半夜还在恶心返出来胃液。妈妈伤心地哭了，我没力气哭，只有泪水一直在眼眶里打转。虞医生见了，一个劲地在那儿说："这样下去不行，我想办法。"他找妈妈商量，要用好的止呕药水才能减轻这样的剧烈反应。因为化疗用的是上海配回来的进口药水，而止呕药是国产的，所以才会如此。他一边自责自己的疏忽，一边告诉妈妈费用要高很多，有个思想准备。妈妈对他说，只要女儿少些痛苦，再多的钱也舍得花。换了止呕的药，果然减轻了反应，从此，化疗不再那么让我难堪，即便每次都很折磨人，但因为有妈妈的照料、亲人的探望，还有虞医生的细心关怀，痛苦的我同时享受着很多的温暖。

化疗用的是药，费用自然很高。虞医生根据我的病情，找到了院长，请求将我的药换成别的疗效相同的药，以降低我的医药费。

九次的化疗让我经常往返于红十字医院，在那里，我虽是个病人，性格却渐渐地发生着变化，内向的我曾经是那么严肃，可当风雨捶打之后，我有了一种庆幸自己活着的快乐。被更多的爱包围着，被更大的力量呼唤着。我会问身边的病友"怎么了"，还会把别人问的"怎么了"回答得井井有条。我在痛苦与快乐中找寻自己的存在，找寻着亲情、爱情的伟大。虞医生亲切地待我，我也和他没大没小，他点点滴滴的关怀，像阳光每天都能温暖在身上一样。

两年多以后，虞医生打电话给我，说："葛老师，你好久没来体检了，抽空做个检查吧！"我在妈妈的陪同下，又来到了红十字医院。虞医生询问我这半年的情况，看着我依然瘦弱，精神倒好了很多，让我营养一定要跟上。他叫我做 CT 检查，我害怕，"那就先做彩超吧。"他开了单子，我进 B 超室等候。做 B 超的是个中年男子，他检查到我腹部时，说了句："你怀孕了，四十五天。"我猛地从床上坐了起来，"不会吧，难道我这几天没胃口就是——还是不对啊，我的例假从化疗开始就没有了，怎么会——？"B 超男子不知道我之前的病情，说了句"孩子能不能要，你去问医生吧！"

我赶紧跑向虞医生的办公室，看着报告单，妈妈和虞医生都乐得惊呆了。他怕我不敢要这个新生命，给我打电话询问了上海肿瘤医院的范教授，教授说，在化疗结束半年后，不吃药的情况下能怀孕，对孩子对大人都只有好处。虞医生开心地说："葛老师啊，回家好好养身子，等秋天养个大胖儿子，一家子团团圆圆啦！"我撇撇小嘴，"为啥不能要女儿啊？""儿子更好。"他说的，我果然养了个健健康康的儿子。问他当初为啥说儿子的原因，他笑笑："你是妇科病啊，生了儿子岂不更好么？"我恍然大悟。看这医生，还真为我着想!

今年春节前夕,我的一篇小文发表在了《常熟日报》。我还没看到,第一个告诉我的竟是虞医生,他打电话祝福我,还不算,又发了条长长的短信:"葛老师,今天我特别开心,你的文章《一路阳光》,让我看到了你现在的快乐,在你文章的上面还有徐景明的书法,他也是我的朋友和病人,和你一样的坚强、乐观,好人一生平安。我祝福你,永远快乐,合家幸福!"我激动万分,有什么理由让一个小小的我被他那样忙碌的长者这么关心。我含着泪花儿打下了以下文字:"虞医生,因为您的好,因为太多的感动,让我更添了生活的快乐与对生命的希冀。您是个好人,更是个好医生,谢谢您!同祝您一生平安,新年快乐!"

有人说我,苦尽甘来必有大福,我没想过,但我的确像个幸福的天使。有个温暖的家,有个可爱的儿子,有喜欢的书法相伴,有许许多多值得我感动的小事,还有这个十多年来一直给我关怀、祝福的虞医生。

冬 妹

冬妹，不是我亲妹妹，确实比我小；不是她真名，而是每个人都这么叫她的。

她长得不高，大大的眼睛，特别喜欢笑。高高的马尾辫在脑后翘起，走起路来带着风似的，每次都不见其人先闻其声。"萍啊！你辛苦啦！"看，又是她吧，因为只有她才敢在学校里这么叫我，还叫得这么亲，这么响。

她热情，对谁都好，又没有架子，只要你找她帮忙，不管困不困难，她都可以先放下手中活儿为你解忧。不是因为她孩子在我班上读书，确实是心肠好，常被大家竖起大拇指夸的。有一回，我在网上买了条麻布的旗袍，既便宜，花色面料又不错，甚是喜欢。可一试，纽扣掉了，还大了点，腰没有腰，臀围更大了一圈。我不知如何是好，正好，冬妹来接儿子，我思来想去，只好请她帮忙，因为家里的小缝纫机早已当旧货卖掉，大缝纫机又没学会，若是让妈妈缝，怕她又说自己乱买东西，改不了旗袍还受责怪。冬妹听我一说，满口答应，但是一定要看我穿了回家再改，我说就腰以下缝小些即可，她不应。把我推进音乐教室，给我拉上窗帘，看我穿上，用手在腰和臀部比划了些，"好了，这样我就有数了，晚上我拿过来，肯定让你穿上的效果大不一样。"我连连点头，我知道她本来就会做衣服，手艺不错。当我把她改好熨平的旗袍再穿上身时，老公看呆了，气质优雅，婀娜有型，像变了个人似的。她在旁边乐得比我还开心："看，多美呀，萍啊，我要是个男儿，你老公肯定追不到你啦！哈——"天哪，这个冬妹，乐得我和老公笑得肚子都疼了。

她对儿子特别疼爱。儿子有个很好听的名字"志鸿"，上课读书不是特别专心，下课跑步运动的事倒是班上无人可比。若是在体校，肯定是个重点培育的苗子。十分钟的课间休息，喜欢运动的他常会跑得汗流浃背，等老师进去上课时，他还气喘吁吁，这怎么安心上课啊！于是我打电话给冬妹，让她把内衣送来换掉。她一边在电话里呵斥孩子不乖，一边感谢老师通知她。换了几次，竟不来了。她说："每次在家说得好好的，一到学校就忘光了，亏得自己每晚总是陪着他，帮他检查对错，默写词语，教他写作文。你们对她也好，他还这么不上心，以后下课让他做点事，就不能出去跑了。"是啊，这个妈妈够认真的了，想想自己一回家就是写字，儿子拉二胡还不舍得从头陪到底，至于作业，作文是难得看一下的，忽然间觉得自己对孩子真的少用了很多心，做不到像冬妹那样呢。

去年，我和两个家长一起给孩子报了市体育中心的暑期游泳班，其中之一就是冬妹。我那时正值学车，有时去不了，冬妹和另一个家长就带着孩子们去，烈日炎炎之下，她们守在玻璃墙外天天看着孩子们怎么学，学了多少，有没有受冻。刚去时，水温低，孩子们起水时直打喷嚏，她第二天就闯到里面和教练说，还在两孩子的肚脐眼上涂了点口水，说是听老人家言的。从没听到她们说声辛苦，说句抱怨，半个月的陪伴，她们天天必去。我过意不去，把学校发的必胜客生日券给冬妹，让她们带孩子去吃，谁知回来都说不好吃。我心里总是觉得亏欠于她们，唯有好好的教书，做个称职的老师，方才对得起这样的姐妹与家长。

她说过这样的话:"萍,不是因为我的儿子你教着,我才这样对你,以后你不教他了,我还是和现在一样,你心善,我喜欢。"我当然相信她对我说的每一句话,因为她对每一个人都热情大方,笑眯眯的脸上总是告诉着我:付出多于回报的自得之乐。

在他儿子生日的那天,我买了套《中华上下五千年》送到她家,到家后我看到她的短信:"萍,有你这样的老师,我们开心,更放心,谢谢你!"我回了条:"冬妹,你是一位好妈妈,更是我的好姐妹,你给了我多少美好回忆啊!"

当她把我坏了的裤腰边用手工一针针一线线缝好送过来时,我再一次被她感动了,冬妹,这密密的针脚叫我如何受得起?我拿起这条普通的裤子,一时间却显得那么沉重与珍贵。

隔壁阿哥

我的家在江南，水乡天堂，水多，桥自然也多了。

小时候，沟沟渠渠有水没水的田野里都会留下隔壁大哥哥的身影。

哥哥长我三岁，虽是同姓，却不同宗。

那时村上大多数人家都会养些牲畜补贴家用，我家养了几十笼白兔，哥哥家呢，养了好多的猪羊。他是长子，父母自然要把割草之类的活让他包下了。瘦瘦的哥哥每天放学回家都会背着个大大的箩筐，哼着他自己听来的歌，穿梭在青青田野里，小小的身影在一望无边的稻田边时起时伏。有几条沟渠，有几座小桥，哪儿的草最肥，哪儿的泥鳅最多，我想哥哥肯定比我还要清楚。满满的青草野菜在哥哥的箩筐里每天堆满，再卸下，再堆满，卸下，和夕阳的余晖一起映着我们渐渐长大的脸庞，金色的童年嗖的一下便全是回忆了。

读小学的路上有两座桥，只要穿过其中的一座就可以到学校了。二三年级时，放学路上有个同班的调皮鬼骂我——其实也不是骂，就是因为我胆子小故意逗我哭的那种。哥哥去田野割草前喜欢先在村子里遛一圈，这回我流着眼泪回家时恰好被哥哥看到。第二天一早哥哥守在桥边，等着吓我哭的那个男孩，果然被哥哥训得以后只敢走另一座桥了。

哥哥很聪明，从没见他捧过书，却总能把我不会的题目教得明明白白。他父亲是个很有威严的家长，没多少文化却有很多见解，在小村子里算是个人物。哥哥要升中学了，家里条件不够，他父亲狠了心让读书不太好的女儿辍学，一家供他继续上学。所以哥哥不但勤劳，还是个懂事的小伙子。学校里优异的成绩不在话下，但毕竟是活泼的男儿，偶尔在学校的调皮，等着的便是一通挨打与责骂。最不可原谅的是高考时，他把作文文体写错，扣了几十分，气得父亲把他的书包扔在了家乡的小河里。看着哥哥躺在床上不吃不喝像傻了的样子，我真担心他过不了这个坎。那年哥哥高考，我刚好中考，因为我每学期都有三好学生的奖状，直接面试被保送进了师范，和哥哥一起的同学，录取书也陆续收到了，唯独哥哥的录取通知书杳无音讯。我不知道等着哥哥的会是什么样的命运，田野中哥哥留下的那些脚印难道还要重新去走吗？小桥上泪流满面的父亲扔掉的仅是哥哥的书包和上学的希冀吗？哥哥的心如灰，泪似血，像这小河一样，沉寂里害怕消亡，如这小桥一般，走过去才能继续。

命运和哥哥开了个小小的玩笑，通知书晚到了一个多月。哥哥从那张死寂沉沉的床上跳了起来，如同沙漠里出现了绿洲。从此，哥哥离家去无锡税务学校读了三年书，回来顺利地分配到镇税务所，在城市里娶妻生子，一帆风顺。如今的哥哥难得回乡下，偶尔回来他仍会到村子里走熟的那几家转悠，看着我在家写字，在乡下教书，他留了句：怎么不去城里？我欣然答道：乡下的田野已变成马路和工厂，幸有那小桥河沿，流水人家还存几分江南韵味，我不去也罢！

二十多年，江南的农村已经热闹得接上了城市，桥也重新又造了，然而再变，有河在，桥自然永远在。一如我那城里的哥哥，再是城中人，也会看看他的家，昔日那个威严的父亲，还有村子里熟悉的味道。

我的老师

从小到大，每个人都会遇到很多老师，和蔼的，严厉的，寻常的，亦或有许多本领的，总之，在我脑海里都能找到一二。

二年级时，班上有两位教师子女，我总觉得他们是老师们最宠爱的学生，无论什么小事，老师的心都会偏向他们，每每成绩表现优异，他们流露的笑容让我感到全是得意之情。然而，有一件小事却从此改变了我的看法，那回期末大考，我高烧40度，又不许缺考，妈妈把我送到学校，班主任是个五十来岁的李老师，她倒了开水让我把药吃下。我强打着精神在作答，写着写着竟迷迷糊糊睡着了。老师好像在我身边忙碌了一阵，等我清醒时，我的额头上敷着条毛巾，就是李老师办公室里的。她看着我，又摸了下额头，暖暖地说了声："好多了吧！"下午考数学，我更加认真，那一次我语文得了94，数学得了99，按理，低年级都要95分才能评"三好"，而我破例也在其中，李老师在班上发成绩单时，我有种从未有过的感动，原来老师对每个孩子都这么好啊！

高年级了，又换了位语文老师，也姓李，是个刚毕业不久的大男孩，却是个满腹诗情很有文学细胞的老师。凤兰小学名誉校长王凤兰回校时，李老师即兴作了首小诗，让我至今难忘。当时自己从没接触过诗词，读着李老师的小诗竟佩服得五体投地，从此对文学不再觉得遥不可及。

初中三年，姚瑞生老师是我的语文兼班主任，他一点不凶，常有调皮的男孩子惹他哭笑不得的事发生。我是语文课代表，对于老师提出的问题，我总是羞于举手发言，一怕错了，辱了课代表的名声，二怕老师对我的答案太手下留情，让同学说我。老师倒还真的不怎么叫我回答问题，记得一两次考得自我感觉不好，他倒是这样安慰我，"不会不好的！"我纳闷，多少老师对学生说一句"下次争取好些"已经很好了，还会如他这般鼓励的。或许姚老师知道我的自尊心强，怕我伤心难过吧！毕业前，他送我一支钢笔，是班上唯一的一支。我进师范，学校里规定每人必选一门兴趣小组，喜欢画画的我毅然放弃了儿时的爱好，选择了从未有过基础的书法。我想，我将用老师的这支笔写尽对老师的谢意，用老师的这份厚爱凝聚成自己最美的文字。

有位老前辈是我最为敬重的，他就是书画研究院的张浩元先生。刚认识他时，是自己称他为老师的，因为不知怎么叫，叫声老师肯定无妨。老师为人正直，谈笑风生。那几年，我大病初愈，瘦弱之余精神并不是很好。老师给我一封封的来信，送我一幅幅的作品，鼓励我，关心我，让我在可亲可敬之外，更懂得了老师人品与书品的结合。从那时起，我当他是自己真正的老师——是我一生的书法老师，更是德才兼备的楷模。2011年春天，我的小楷作品入了江苏省首届妇女书法展，当我打电话请张老师吃饭时，张老师满口答应，还指定在他书画院附近的饭店吃，要我把师范的王浩老师和自己的好友一起叫来。满满一大桌，开心之极，当我想去结账时，店老板说老师已经嘱咐过不许收我的钱，由张老师支付。我鼻子酸酸的，唯有眼泪在眼眶里打转。

另有一回，老师寄来厚厚的一叠作品，同事们羡慕不已，"你老师怎么这么好啊！""送我们一幅吧！"我答应着，小心翼翼地拆开信封，每张作品落款之处，都赫然写着"丽萍学生惠存"，至此，在老师心里，我也的的确确是他的学生了。

  有人叫老师是如我以前叫张老师一样，不知叫啥了，找个合适点的称呼即为"老师"。更有人叫老师是如我现在叫张老师一般了，以心为声，以情为重，愿一生叫着，一辈子应着。以老师为榜样，以老师为自豪，更以老师为自己奋进的动力，这样的好老师，不值得自己好好的长进以回报他么？

敬　酒

我不会敬酒，因为我平时不怎么喝酒，更因为不会寒暄招呼人，说得难听点就是上不了台面。那又有什么办法呢，坐在桌子一角，一边吃菜，一边等着桌上的人早些喝完酒。有时觉得是不是没礼貌啊，可时间一长，连这种心理也麻木了。直到有那么一两次，还真有了敬酒的冲动！

2011年的春天，镇里叫我去尚湖参加常熟市文联组织的讲座，除了同去的五六个人，大厅里黑压压的一片，我一个人都不认识。趁时间没到，我先溜到外边欣赏开得正艳的牡丹，一朵朵春光下夺目的花儿让一进门就能见到它们的客人争相合影，她们是一个个天使，美丽无瑕。这地方只来一次肯定就让人永生难忘了。讲座开始，有教授演讲文学课题的，有画家谈美学发展史的，还有书家论书法演变和字帖选择的。台上的人时而认真，时而幽默，有书有画之外，还能旁征博引，让台下的我们在自然轻松中长了番见识。因为每人都有一张讲座安排表，台上的人和纸上的名使我对上了号。这个讲书法的是书协的陈炳彪先生，风趣诙谐，逗得台下一阵阵掌声和笑声。以前听说过他和一些常熟有名的人，可总记不住，即使见了人也对不上号，后来索性再不去记了，自己管自己呗，反正人家也记不得我，我总是这么为自己开脱的。当他说着说着怎么在说自己的名字时，竟吓了一跳，仔细一听，又说了一次，真的是在说我，还在夸我小楷写得秀美，每个字的结构和笔画都让他惊讶。我的脸开始发烫，从没当面认识过他的我怎么会让他连续表扬了几次。原来前阵子他看到了我准备参加省妇女书展的作品，不过当时有一群人在评点很多作品，谁是谁，谁又记得谁，我早忘了。

那会儿，好像是做错事的孩子想钻地里不见人，我也真的羞红了脸蛋，因为有人认得我，远远地向我翘起大拇指，几个一朝我这儿看，别人也跟着目光齐刷刷地投向我。我哪曾经历过这种阵势，低着头都不敢看别人，不过心里还真够乐的。

近黄昏，大家围坐着喝酒，好不热闹。镇里一起来的几个，非要给我倒红酒喝，说什么大会上被点名表扬的人岂能喝饮料。我不好意思，在他们倒了半杯红酒里再加了半杯雪碧，从没喝过酒的我真怕喝一口，哪怕一小口。不过，我知道自己应该做点什么，我举着杯子仗着胆向隔壁一桌走去，我看见刚才表扬我的陈老师就在那儿。我不知道称呼他什么，心想叫声老师应该没事，毕竟他的才学该是大家的老师。我举起酒杯，对他说："陈老师，谢谢你！我写得还不够好，您太夸我了！"他拍拍我的肩膀，"小葛，我看了你的楷书，非常佩服。很多人都写得没你端庄，夸你是我的肺腑之言啊！"他一桌上的人见我来了，乐呵呵都站起来，"原来是陈老师的高徒来敬酒啊！""来，干一杯！"我把杯子伸向桌子中间，难为情地对大家说："我不是陈老师的高徒啊，今天第一次认识陈老师，还这么表扬我，我很感动，谢谢大家。"我红着脸在这样的场合下第一次敬了酒。原来，在有些时候，敬酒不是一种敷衍，它是一种礼节，更是表达自己内心情感的既真诚又放松的手法。

另有一回，是装裱王师傅家的儿子结婚，我也被诚邀到森林大酒店。书画界里的人很多，我虽叫不出名字，有一两个还是认识的。

有个十多年前认识的书画院主任杨定源也在其中，因为还没开席，我就上前和头发有些花白的他打招呼，他吃了一惊，猛地才想起我来，"小葛，是你啊，我都认不出来了。"十多年了，那时的我还是个瘦弱的病人，因为想裱作品又找不着认识的人，是他接待了我，又热心地把我的作品拿到了书协给当时的张浩元主席看，于是稀里糊涂就进了市书协。他又看我的印章粗劣，让常熟有名的篆刻家吴恺给我刻了几枚印章。他看到如今的我这么快乐健康，异常激动，拉着我一会到这一会去那，把我一个个地介绍给他的朋友。开席了，他那边全坐满了，我就只能一个人坐另一桌。

开始吃饭，一桌上的人一一做过介绍，我倒了些饮料，琢磨着是不是该去敬退了休的杨老师一杯，想着想着，竟真跑到那一桌去了。杨老师很开心，等我回到自己这一桌时，有个看上去五十来岁的先生狠狠呵斥了我一下："你这姑娘，哪有自己一桌没敬先去敬人家的？是不是别人有地位，我们没啊？"这回，让我难堪不已，我连连解释："对不起，我不懂啊，我只想感谢一下杨老师，没别的意思。"羞红了脸的我立刻知道了自己的失礼，可只能说，又挽回不了。当我再坐下的时候，真恨不得马上离开这儿，然而，我只能让这尴尬通过大家的宽容和自己的内疚慢慢抹平，以此铭记，敬酒不当也会令人不快。看着我一声不吭的样子，大家反倒嗔怪那位先生，我举起杯子，真心向大家道歉，大伙都说："不知者不为怪，再说这也没什么大不了的啊！"从此，要么不聚，若真有敬酒的冲动，必先敬了自己一桌再随自己去敬谁，去感谢谁。

敬酒之事，挺有趣吧！

老朱头的面

我喜欢吃自己家里煮的面，待半锅水烧开，扔下一把新买的挂面，煮开，再放进小青菜、香菇，再煮片刻，临出锅时放小勺熬好的猪油，撒上盐，味精，搅拌一下，舌尖在香气缭绕下蠢蠢欲动。我喜欢喝汤，喝一口清清爽爽的面汤，撩起一筷子滑溜溜的面条，任它在口中慢慢嚼动，消融，这该是我的童年美味了。然而，再美，和洞泾街上老朱头的面，是比不得的。

小时候家里条件不好，街上面馆里的面是万万舍不得去享用的。记得读高年级时，有位老师经常叫校门口值岗的学生为他去隔壁的面馆倒面（打包带回）。那是一家远近闻名的面馆，老板姓朱，人不高，又长得胖，可为人正派，好善乐施，相邻们都亲切地称他"老朱头"。我也是值岗中的一个学生，可我是女孩，老师隔三岔五都叫男孩子去，男孩们只管把面倒回老师的办公室。老师呢，也不去还碗，把账到月底一起算，把碗也凑了一大叠让饭店的人自个来拿。那时，老师刚毕业出来，也还像个大男孩，教书铿锵有力，意气奋发，后来说起倒面的事，嘴角还隐隐带笑，"那个年纪，可真自由呢！"时隔二十年，等我也成了老师的同事，那几个为他倒面的学生也四海为家时，难得相聚在一起，必提起这事。因为那年代，没几个孩子能去面馆吃面,而男孩子们说:"倒了碗香喷喷的面在手中,却尝不得一口,你不知道我们的馋样呢!"

什么面能让时隔二十年的他们如此怀念?因为那面里有一种特别的香,比起家里煮的,那完全是清与浓的区别了。清,是清淡,清爽,因为没香料在里面;浓,是他们用很多种香料把上好的野鸡野鸭和猪牛鱼骨混在一起慢煮、慢熬形成的浓汤野味。各色香料之香,各色肉骨之味,混在一起,在特定的时空下,秘制而成。面,本来是大锅煮的好吃,等水沸腾,老朱头熟练地往锅里扔下两把面,长长的筷子等着一搅,再添进一碗清水,面就在短短的几分钟里从锅里撂到了一个个大碗里。碗里已用大勺舀进了特别的汤水,等面放进,"老朱头"身边的帮手立即熟练地放下每个客人点的"浇头":爆鱼、排骨,河虾,牛肉、黄鳝等应有尽有。省点的客人要个鸡蛋面,什么都不放的就是光面,即是冲着这汤这香味来的。喜欢吃这个味道的客人从早上天蒙蒙亮,到买菜的行人在街上基本消失,总是络绎不绝,老人中有的喝早茶,吃一碗老朱头的面,容光焕发;有的不仅喝茶,还要喝早酒,聚在一桌,有说有笑,慢慢地享用这里的野味,待时光从黎明到近午,真是好不惬意啊。

我小时一次也没吃过,我的孩子却是这面馆的常客。儿子不喜欢浇头,有时候要个鸡蛋,还总是剩着点没吃完。他的确是喜欢这儿的面,他说,"太香了,几天不吃,就会想它的味道。"鸡蛋倒没吃完,面总是一根不剩,老朱头认得孩子,每回总是多撩些面放儿子碗里,看着儿子吃那么一大碗,我总担心他吃撑了,他说,"妈妈,没事的,我实在忍不住,又吃光了。"偶尔一次,轮到儿子是一锅中的最后一碗,面比往常少了点,老朱头让他吃完再去里面盛点,就那么一次,儿子没再去盛,嘴里却说"今天没过瘾"。

春节之前,知道要去爷爷奶奶家过年,儿子说再去吃碗面。于是又去吃了一碗面才安心出门。我们去芜湖过年,等初四傍晚回来的时候，儿子说，明儿一早就去吃老朱头的面。我陪他去了，可是大门紧闭，墙壁上贴着红纸，说因为年纪大，人手不够，面点关闭要卖掉。我和儿子只好失望着换了家面馆。那是老朱头亲戚家开的，香料的配方应该和原来的相差不大，主人是年轻的夫妻。儿子一边吃着，一边说，"总算还有一家和原来的味道差不多，不然，洞泾街上就没有我爱吃的面馆了。可是，我还是觉得老朱头公公家的面更香啊！"其实除了这家，还有别的几家，不过，没有老朱头一样的配方了。已植入心、口的味道又何尝容易改变？

儿子再也不如以前那样三天两头去街上吃面了。

那个常给老师倒面的同学打我电话，说请我喝茶，我笑笑说："想必是吃了街上的面，才过来的吧！"他笑开了，"是啊，儿时吃不到的，现在有机会回来，逮着就吃啦！"近二十年了，我清晰地记着和他只匆匆见过一次，竟是在老朱头面店。那天是暑假的一天，我带着五岁的儿子从老街的庙里烧好香，转到洞泾新街，经过老朱头的面店时，瞥见他怀抱着孩子在吃面，我不好意思去问他什么，只听得自己的名字从对方的口中脱口而出。我想，即便时隔十多年，那纯真年代一起用功读书的美好时光总会让彼此难忘的。

从此，老朱头的面也会让儿子难忘一辈子了。

一样与不一样

一个精神矍铄的老先生踩着三轮车正在上桥，喘着气还在和扫马路的大妈搭话，他的三轮车里装着许多新鲜的蔬菜：金花菜、大蒜、菠菜还有像是野生的荠菜。大妈大概认得他，说："又把菜送女儿家去啊！"大爷停下车，歇了口气，"是啊，他们忙，我就两天送一次过去，种得多，老两口吃不了啊！"

大妈俯下身子，在用大大的簸箕装一堆长长短短的甘蔗皮，额头上沁出的汗水在冬日的晨曦中闪着亮光。她忙了一会儿，地上仍留着些零零碎碎的垃圾，大妈又换了个小簸箕在装。大爷边看边说："你也该享清福啦，还不舍得歇下，都是做惯了的人啊！"

"是做惯了，现在能动动筋骨，还是好日子啊，有一天需要他们服侍了，才是受累呢！"大妈越扯越远了。大爷踩着车子也消失在了人群之中。

江南的农村，现代化的气息越来越浓，剩下小桥流水，沿河岸边，还有着泥土的气息，一个个小菜园，一点点绿色，在村前村后星星点点地点缀着。那些蔬菜总是种得很好，大爷大妈们辛勤耕种的身影随处可见，就和刚才相遇着搭讪一样被人们早习以为常了。

从他们的言谈中，我想起了外婆。外婆八十多岁了，每次来家里总叹息她原有的那些田地与菜园。我们劝她："都这么大把年纪了，还惦着那些陈年旧事，你就安心过晚年吧！"其实早几年外婆还在土地上干活，人家割了麦穗，她会去捡些田里落下的；几百米外的河边，她去垦了荒地，种上点山芋、蚕豆，等收的时候总是打电话叫爸妈去帮忙。儿女们总是劝她："你别让我们担心了，买点吃就行啦，我们可不要你种了送过来啊！万一身体累垮了，我们几个哪有时间天天陪着你，这不是捡了芝麻丢了西瓜么？"外婆认真地说："我动得了。你们有空就来帮帮忙，这土地不种不糟蹋吗？"其实，外婆有子女、儿孙孝敬她的钱，可她舍不得花。

或是一辈子在这片土地上眷恋着的深情，让这些年逾古稀的老人放不下那颗挚爱它的心吧，一边牵着儿女，一边眷恋着土地，是土地的恩赐老去了他们勤劳的一生，是儿女的幸福偷走了他们美丽的容颜。他们的汗水已经凝聚成生活的希冀洒在黑黝黝的泥土里，哪怕没有了稻田，还有这水泥路旁、小桥河畔的绿色希望。

妈妈今年也六十多岁了，我让她别去厂里上班了，她的胃不是很好，我让她在家里好好调养。她不听我劝，吃了一阵子药，又去了工厂。她的理由是：村上有哪个做得动的在家靠子女养着了，连做不动的老太太还去捡废品卖呢。再说，大家在一起干活，有说有笑，也不觉得辛苦。

我知道，妈妈说的大半是对的，村上的长辈们都忙着各自的活，上班的、看门的、扫马路的，还有帮儿媳在家做加工的，忙得和我们一样早出晚归，可活儿不会轻，工资不会多。这几年虽有了农保，大家还是不减一份勤劳，他们总说，自己挣点总能为儿女减轻点负担。其实，他们真的比我们这代辛苦得多，上了班，回家还有家务等着做，菜园子等着打理，即便是邻居，也难得来家里串门聊天，总是路上看到了，或是村里办事时聚一起说说笑笑，没说过一个累字。所以妈妈说不辛苦，那是嘴上。小辈们心里清楚，但他们愿意，好像幸福就在这样的辛苦中。

从乡下进城与儿孙同住的老人，虽换了环境，还是一根筋转不过来，想着法儿要去外面干点活。有个小姐妹，爸爸早早过世了，剩下妈妈与她一同住市里，她告诉我，每天天不亮妈妈就去早餐店做包子馄饨，中午随便吃点，下午干完家里的家务，接好外孙，就忙活着买菜做晚饭，等着她们回来吃上一桌可口的菜肴。天天如此，连午休都没时间。我去她家的时候，我妈竟和她妈说好，等有一天进城住了，让她妈给找份活儿，只要有事干，就不怕寂寞了。还没进城的妈妈说得我哑口无言。

真在城里的老人是不这样的，他们会把家收拾得仅仅有条，还会懂得照顾自己。公园里经常有他们的身影，闲着逛逛，打打拳，跳跳舞，生活过得忙碌而香甜。但乡下人有乡下人的活法和快乐，有些习惯养成了，怕是也难改的吧？但只要老人开心就好。

让我们一起微笑吧

一个人脸上的表情比他身上穿的更重要。

——戴尔·卡耐基

你经常微笑吗？回答如果"是"，那么你一定是热爱生活、珍惜生命、善待自己和他人的人。

与孩子的每一天，我将微笑送去，迎接我的是更多灿烂的笑容；我将关心、赞许、宽容、理解如温暖的阳光一样送去，回给我的是孩子们真诚的敬意和无穷的欢乐。今年的生日那天，一个小女孩在我刚起床下楼的时候出现在我的家门口，手里拿着自己制作的贺卡，嘴边还喃喃自语："老师，我看见你博客上是27号生日，怎么妈妈听说是23号，我都——"说着眼眶里竟有晶莹的泪花在打转。我激动地接过贺卡，"让老师抱抱好吗？"我抱起这可爱的孩子，在额头上轻轻亲了一下，"谢谢静怡，今天是老师最开心的日子啊！"送她来的妈妈告诉我："天没亮就被女儿叫唤着起床，要送她到你家来。卡片做了几天了，上面的话都是她自己想的。"那天，我没有让家人买蛋糕，也没有煮上一碗面条，因为当我抱起她的时候，我也流下了泪花——幸福的让我久久不能平静，有什么比这个更让我欣慰快乐呢？我没有奢望孩子们会记得老师的生日，更没有想到自己的点滴关怀能让幼小的心灵感受什么。爱与被爱总是相辅相成的，孩子虽小，但天真的他们或许能让你得到更多的感动，任何金钱都买不到的快乐。

"老师，谢谢你教我这么多，我虽然不是你最好的学生，你却是我最喜欢的老师，祝老师永远健康，美丽！"孩子的话较之大人，我觉得更宝贵一点。在他们心里，知道我原来病过，需要多休息，所以第一希望我健康。而每天我甜美的微笑和端庄的仪表在他们眼里又是一种美丽，他们的心里话就是送给我的最美的祝福。

面对孩子我会微笑；面对同事我会微笑；面对家长、面对很多叫不出名字的令我敬意的普通人，我也会微笑。微笑着，我走过了青春岁月；微笑着，我跨过了荆棘坎坷。微笑可以同蓝天白云对话，微笑如同阳光般温暖大海般宽广。真诚的微笑能胜过千言万语，甜美的微笑可蕴藏无穷魅力！

让我们一起微笑吧！

第四辑 书香佛缘

一片冰心在玉壶

"凡书种种，予独爱正书，正书之中，又钟情于小楷，尤其是洛神十三行，每与之对，心静神怡，参古意，如慕佳人，时觉其风姿绰约，清雅脱俗。笔下偶得一分形似，心中便生万般欣喜。今乃怀梦放胆，录洛神全文于此绢上，虽自知难及献之皮毛，然聊以慰心乐。有诗书醉伴昏晓，此生足矣。"

这段文字是我写《洛神赋》时题的长款，回想学书20载，却越发学得单纯，以至不敢言书法，只称写字。古今法帖翻阅不尽，书道笔法更是莫测高深。我徜徉不了其中，只拾得个端坐书台，沉浸于一点一画之间。始学《灵飞经》，秀美中藏有古趣风，后临《十三行》，遒劲中带着神采飞扬。喜欢赵孟頫的变古为今、外柔内刚；喜欢欧阳询的法度严谨、笔力险峻。喜欢文征明的飘逸灵动、格调高雅。一次次临写，一次次接近，都有着"可望而不可即"的欢喜与惆怅。于是乎，唐诗宋词成了笔下常写的内容，佛教经文也让自己有了更多的尝试。绢上写的是《洛神赋》，泥金纸上写了《心经》，粉笺上则多的是诗词歌赋，而黑色宣纸上是用赤金泥粉写的数米长的《普门品》等经文。一幅幅作品，不是成功却可以渐趋成熟，不会完美却可以变得美好。我更希望它们能在灵秀中渐渐洒脱，透出生命的光辉。

这种喜欢,不仅是"为伊消得人憔悴"的执着,更是"一片冰心在玉壶"的清澈。它让我寻得了静谧、淡然与快乐。静,非是在"采菊东篱下"的桃花源里;淡,非是去过品茗香茶卧听山泉的闲暇日子;乐,亦非是功名利禄的取得、欢声笑语的叠加。这种喜欢,是心远离了喧嚣尘世的简单、从容与安静。是"忘我",又分明是自己主宰着自己生命与灵魂的那种"超我""真我"之境。

我的老师张浩元在来信中,多次叫我尝试学习大字与行书,他真诚大气的人格除了让人无比崇敬之外,更觉得自己愧对于他。因为我没有好好听他的话,一直在自己的小天地里自得其乐。他写给我的"舍得",告诉我有舍必有得,而我至今不舍得放下。留着对自己将来的期待,尽力也去喜欢吧!

人生如梦,我弥足珍惜生命的每一天。幸福在心,我历经坎坷方感悟其中的真谛。在这个纷扰的世界里,我用心做着喜欢的事,善待自己与他人,微笑着走在路上。

最后以自己小诗作小结吧:

著一身旗袍,学两曲琴音,缀三分秀气,怀四方感动。走在柳陌桃溪之上,我只是小桥流水人家女。常拟五六词篇于案头,时学七八书作叠晚昼。三九严寒从容过,十里青山在常熟,一诗一词学不及半点唐宋之音,一书一画更难摹宇宙自然之精华。然,爱之心,真之意,寻之漫漫路,点点清韵也满缀自己的荷塘。

佛　缘

从五岁时，妈妈就带着我每年去苏州附近的寺庙烧香拜佛，那时也不懂，看大人神情庄重的样子朝拜各座佛像，自己也会学着一本正经地做。长大后，知道恭敬礼拜诸菩萨，能得到他们的庇佑，于是走出了狭小的苏州，遍拜四大佛教名山。普陀山、五台山、峨眉山、九华山都去过多次，每次朝拜都怀着无比虔诚之心，每次去也都有不同的感受和收获。越发觉得自己和佛已结下厚缘，乃至梦里也多次见过观音、普贤和文殊等菩萨。心诚则灵，或许自己的善良，自己的真诚，所以周围的人都在我的身上看到了佛法的力量，菩萨的灵验。

2001年的春节，我刚踏上红地毯才半个月，下腹部疼痛难忍就被送进了医院。于是一发不可收拾，在两年的时间里动了三次手术，化疗了九次。昔日那个文静美丽的姑娘一下子面目全非，被病魔折磨得痛苦不堪。在医院里那些难熬又危险的日子里，我总是在梦里寻找着自己的出路。我看到观世音菩萨在云间出现，我恭敬相迎跪拜在她面前。我梦见茫茫大海，乘舟至于一高山下，拾级而上，香雾缭绕，钟磬之音如仙乐飘飘。我好生好奇，这是从未来过的佛山，至山顶，见两石柱上一幅对子，读罢再往里走，曲径通幽的小路间时时有可以进去朝拜的寺庙,我一一拜过,看到了观音菩萨和其他诸佛。醒来,我把梦境告诉陪在我身边的母亲。母亲告诉我,那儿应该是南海观音菩萨处吧。那时我还没去过普陀,一个多月以后妈妈扶着我去洛迦山时,看到的竟和梦里的一模一样。我惊喜万分,原来这儿我早来过了啊!更让我信服的是那天在沈家门渡船至普陀时虽是下午两三点,但海面上大雾迷茫无法出航。因为普陀那边早定好了住处和晚饭,而看着时间已过去了一个多小时,大雾却一点没散去,大家的心焦急起来。那时的我因为化疗头发全无带着个帽子,在人群里很是显眼。我对妈妈和在一起的人说,真是要靠菩萨来渡我们了,如果观音菩萨有灵,明年我一定再来普陀朝拜。大概几分钟的功夫,江面上大雾全散,一片开阔景象。妈妈和在旁的人都看着我。我笑了,不仅仅是因为可以过江了,我更看到了佛法的力量和心诚则灵。于是先后去了四次普陀,在梵音洞亲眼看到了手持净瓶的观音真相。

第一次普陀回来,瘦弱的我一边配合医生的化疗,一边开始抄写经文。原本在师范里学的书法此时真真切切地陪伴着我,我用小楷一笔一划地抄写,全身心地注视着经文和自己的字,十年的时间里,长长短短的经文抄过无数。赠给寺庙、送给信佛的人,但从未收分文。法雨寺的住持捧着随行的人替我敬献的《普门品》,对我说:"没看到你的人之前,还以为这经文是七八十岁的老书法家写的,看着你这么年轻,能用这么精致的小楷抄写经文赠给寺庙,这真是佛缘之深、佛法无量无边之功德啊!我们会好好珍藏,代代相传。"我先后抄过《心经》、《大悲咒》、《圆通章》、《妙法莲华经观世音菩萨普门品》、《佛说阿弥陀经》、《妙法莲华经安乐行品》、《金刚经》、《华严经》中的《普贤行愿品》、《地藏经》、《盂兰盆经》等长长短短上百篇经文。其中的《普门品》大概就抄过了数十遍,都送至各大小寺庙。有一次梦里见到两位菩萨,左边的一位朝着我笑了一下，我很是好奇，醒来后告诉庙里的人，我想知道那两位菩萨是谁，他们说据你描述该是普贤和文殊菩萨，还问我最近在抄什么经文。我一想对啊，我那几天正抄《普贤行愿品》，最多一天抄了一千字，呵呵，大概菩萨见我抄写认真在夸我了。

2003年10月14日，农历九月十九，我顺利地产下一眉清目秀的男婴。说真的，我根本不知道自己会怀孕，因为病魔已经让我柔弱不堪，能活下去已经是奇迹，哪曾奢望再有孩子。为我动手术的是上海的医生，他只说了一句："这孩子真是上天赐给你们的，祝福你们！"九月十九是菩萨成佛的日子，也是我们一家最幸福的日子，苦尽甘来的香甜只有经历的人才更清晰地感知。我，如凤凰涅槃，羽化成蝶。

如今，我已取得了一些成绩，每天写字，最爱的就是小楷，用端庄精致的小楷抄写经文是最适合弘扬佛法的。我的经历让我对佛无比恭敬，对一切对生命都更怀感恩，工作之余从不看电视，每晚陪伴的就是笔墨书香。在我写的很多作品中，可以说一半以上是经文。我对关心我的人都会这样说，我是菩萨救的，我的小楷也是为抄经书的。他们笑着，看着我如今这么健康、美丽和幸福，谁还不信服佛法之力量啊！

静　夜

夜幕降临，妈妈照例忙着做饭烧菜，我呢，收衣叠鳌，喂猫儿狗儿，再洗脸洗手。晚饭时间到，一家都消停一会。爸喝点黄酒，妈总嫌他喝得太多，眼直瞅着那杯子，看他倒多少。

爸一边倒，妈一边嘀咕："天天喝还喝不够。"

"又没喝醉，不多啊！"

老妈脸一沉，火上来了："嘿，难道你想天天喝醉啊！"

就这样，晚饭在进行曲中开始，儿子看着菜只挑喜欢的吃一点。我呢，不插他们的嘴，知道他们天天会闹一会，也就这般，芝麻大的事，啰里啰嗦的嗔怪。没等他们嘀咕完，我已享受完了这顿美味。我喜欢喝粥，稠稠的那种，就如姑苏又甜又糯的乡音；一个汤，放一点荤，多一点素，清清爽爽，不像鸡煲、鸭煲看着油浮在上面就会没食欲；还要加个鱼，鲫鱼糖醋或红烧，都是让我垂涎欲滴的。这样，两三个小菜，一碗粥，再蒸上几块红薯，荤素搭配，干稀混合，营养、健康，是我的最爱。

说是如此，其实妈妈做什么，我就吃什么，从不挑妈妈的不是，我都三十好几的人了，还享受着妈妈做的饭菜，已是幸福至极。妈妈还不要我收拾桌子，因为爸的酒才喝了一点点，我只管开始自己每晚的事了。一支小狼毫，一方砚台，倒一点"一得阁"，即刻墨香氤氲。提起笔，先在餐巾纸上试下浓淡，太浓笔会涩，体现不出墨与纸之间的和谐；太淡墨易渗，反映不了笔画的灵动。

翻开字帖，沉浸于前人留下的墨迹印痕，我开始动笔。一横要稳，一竖应正，一撇藏秀，一捺挺劲，点中妙趣横生，折为刚正雄健，千百年的魅力古今不变，笔笔似连未连，似断非断，还要讲究"隔行通气"。我努力寻找着自己的解读，希望能拉近时空的距离，给予自己智慧和灵气。

或临或写，都是向前人靠近；或摹或创，都是与心灵对话，我忘记了自己是在爸妈的餐桌旁边，耳畔嗡嗡作响的锅碗瓢碟和笑语嘈杂搅乱不了我静静的内心，我已习惯动静交合。它们，既是家的幸福之声，亦是考验我的定力之功。我想真正的平静就该是如此，不强求别人的安静，而在于自身的心境，凝定神闲，心澄如水。儿子每晚要拉二胡，拉时需要我的倾听，有时演奏得如行云流水般顺畅，我就投以会心的微笑；有时哪儿不准确，我会搁下笔给他听老师的录音，一起找不和谐的原因。老公每次回家，见如此情景，惊叹：这样的环境，能把字写好，真是功夫。我笑笑，心静无波澜啊！

我想，如果没有家的温馨，即便四周再寂静，我也写不了好字。至此，我总觉得每个字里含着家的温暖，每幅作品也怀揣着不一般的故事。

元旦三天的假期，我足足写了两天半。冻得右手生满冻疮，脚底像踏在冰上一般。手没知觉时捂下热水袋，脚麻了站起来跺一下，可是即便再用劲，手脚还是奇冷。老公心疼得不许我写，可我非要写不可。我跟他算："每晚的那段时间要有多少次才顶得了这两天半？"他说："正是你每晚的固执才会如此的痴爱。"他从市里买了带电的毡子让我放在桌面上，外面是玻璃，手放上去就导热；脚呢，淘了双也能通电的雪地靴，真是全身武装了。

没有人可以阻止我的脚步，因为我喜欢；没有什么可以扰乱我的宁静，还是因为我喜欢。每个夜幕，在妈妈的饭菜中享受做儿女的幸福，在自己的笔画间追寻心灵的静谧，动与静，苦与乐，从来都那么相辅相成。

夜，静静的，有欢乐的一家，有忘我的执着，幸福如此清晰。

书法课

记得儿时读书,每周有一节书法课,说是书法,其实就是在原来的红色楷字上用黑色墨汁仿影。老师是教语文的,会写一点,但也只说个大概,有没有范写至今也不记得了。只晓得自己握着毛笔在那描红书上描啊、写啊、画呀,哪怕剩一丁点红色的地方我都会小心翼翼地用毛笔填满,看着自己画出来的黑色楷字和范字一样地好,心里甭提多得意。老师会给每个学生打成绩,我常常能得优。这是童年时最早接触毛笔,留给自己印象中最初的书法课——原来只要画得像,大字就不在话下。因为我小时候特别爱画画,代表乡小去镇上幼儿园比赛,还得了个第一名,奖了个当时最流行的铁臂阿童木,让全家和老师乐得哈哈大笑。所以若是带模仿性质的写和画,我都会开心地去做,写写、画画、擦擦,还真能仿得惟妙惟肖。

小学阶段的描和仿,其实还不是在正确奠定书法基础,因为对于怎么起笔,怎么收笔,还只是依葫芦画瓢,没有专业老师的教,离真正的写好笔画,还有着很大的距离。但这么一写一画,毕竟在自己幼小的心中埋下了一颗不起眼的种子,当有一天晒到阳光,遇到雨露,这种子就会不可抑制地发芽、生长。

1994年中考未考,我直接通过面试保送进太仓师范,临走时初中班主任送我一支英雄牌钢笔，我万分激动。当时考出去的学生很多，而我是老师如此厚待的唯一学生。我不知如何感激老师，暗下决心，继续好好念书，以报老师的厚爱与父母的养育之情。进入太仓师范，看到橱窗中那些优美的硬笔和毛笔书法作品，我呆了，这是我17年来第一次见到的最美的东西——一幅幅真正的书法作品。我久久不忍离去，原来儿时得意的那些东东根本不值得自己一丁点的欣慰，我像做错了事的孩子一样，心蹦蹦跳，面红耳赤。在这些高雅面前，原来的那一丁点美丽，即刻渺小得无影无踪。我，望尘莫及，却又多想也有那么一天。

师范中的书法课是王浩老师教的，他教得认认真真，我学得踏踏实实。也是从那时起，我才第一次真正接触书法。老师教的是《九成宫》，每个笔画怎样起笔，如何收笔，起承转合，才从我的眼中缓缓铺开，在心中渐渐清晰，在手中慢慢运转。每周四节的书法课，每天中午的粉笔字练习，加上晚自习自由支配的时间，我只觉得自己就像一块从没沾过水的海绵，在不停地吸收，虽不知吸的是什么样的水，只是沉浸在里面，一笔一划，一朝一夕，乐此不疲。就这样，一支笔，一片橱窗，一个老师，竟让一个不懂书法的我真正喜欢上了书法，让一个小时候只会描红仿影的我在学书一年多后就得了太仓市中专组的第一名。当我把红艳艳的证书寄回家时，父母欣喜的眼泪夺眶而出；当我后来在书法上取得的成绩被老师陆陆续续知道后，他们比我更开心自豪。

至此，我想，爱好就是幼时不被埋没的种子，若是兴趣成不了爱好，这或许是当今家长想让孩子全面发展带来的副作用。再者，老师是培养兴趣的阳光和雨露。没有那些能让种子发芽、茁壮成长的培育者，再有兴趣与爱好也是徒劳。

当我师范毕业、踏上工作岗位时，学校里也开设了书法课，我除上语文兼班主任之外，还带四个班每周一节的书法课，我深知依葫芦画瓢的不可靠，所以每次上课，我都会在黑板上先用毛笔蘸着水示范给学生看运笔方法，再在黑板上贴上毛边纸蘸墨汁范写，让每个学生都懂得每个笔画的来龙去脉。我知道我也在给孩子们播下一颗不确定的种子，但我会尽力让它们去发芽，生根，或许有一天也能如我一样长叶、开花。然而，书法课不知从哪一年开始，不用我兼了，因为课程表上没有了"书法"这门功课。我只能在兴趣小组中教一小部分孩子学一点楷书，我不知道素质教育的高度重视是要孩子更加专心学语数外，幼儿园学双语？还是在我们小时候握着一支毛笔，哪怕徒手写不来大字的基础上更深一步？

　　这个冬天，我看了央视《中国书法五千年》八集大型纪录片，片中那些海外游子，外国小孩也在学中国的书法，有的还开设专门的书法课程，相比之下，更觉得不可思议，不得不深思我们的教育。我喜欢写字，更希望一笔一划地教孩子写字，端端正正，认认真真。写字如此，学习做事也该如此，小则是字，大则既是为人。人不可貌相，然，字却能看出人的品性，不然"字如其人"也就没出处了。

　　早上醒来，爱人如往常一样看手机报，他看到一条：教育部将书法纳入中小学教学体系。这个春天要开书法课了？我不知道自己的乡小是否实行，但心底渴望着：中国的每所小学和中学里，张张课程表上赫然能印上"书法"二字，这是中华文化传承的必然之路啊！种下一颗种子，方有机会生根萌芽；洒下阳光雨露，才有一天遍地开花。小时打基础，长大才能在爱好中深造，甚至成为自己生命的一部分，以传华夏之书，以承中华之法。

拜 佛

五岁时，我跟着妈妈去苏州上方山烧香，山上石阶一个接一个，中间一段又很陡峭，我走不动，拉着妈妈要背。听大人说，上方山上有个老太太，能保佑一家平安幸福，走上去时不能说累，说了老太太就不会来接你。叩拜时要诚心，心诚才灵。我一听，便从妈妈背上下来了。此后，无论去哪一座山上朝拜，我都蹦蹦跳跳开心跑去，还真的没觉得累。

二十来岁时，经常会做一个相同的噩梦，梦里一个面目狰狞的男子要拉着我走，说要带我去个好地方，我说不去，现在的路才是我喜欢的。他总在梦里吓我，醒来我总是泪眼迷离，怕得要命。后来，他倒没带走我，我却躺进了病房。手术，化疗，再手术，再化疗，苦得一发不可收拾，望不见尽头，我伤心欲绝。白天的痛苦受尽，无尽的黑夜来临，剧烈的反应让我憔悴不堪。我渴望做梦，我想逃脱地狱般的折磨。那些日子，我总是梦见一座仙岛。四海茫茫，唯有自己在这岛上独行，拾阶而上，是各个庙宇，我一一进门，双膝叩拜，观世音菩萨端坐于庙堂之上。一会儿，她又在云端飘来，我合掌相迎，恭敬朝拜。

说真的，小时候的朝拜是跟在大人后面的，拜的是谁并不清楚，如今在梦里朝拜观音，那么真实，那么清晰，就连石柱上的对联还读了两遍。后来我因为头发掉光带着帽子跟妈妈去普陀山时，才在珞珈山上寻得了梦中之见，一样的路，一样的柱子，一样的庙宇，是佛缘的点化，还是菩萨的救赎？

在佛前，右手掌心先向下，左手也如此，然后两手心慢慢翻开，同时双膝跪地，面对菩萨，合掌跪拜。再起身，重复第二第三次，如此诚心之拜，可谓恭恭敬敬。有的人急急地来，急急地走，拥来挤去只顾自己。我想，没有一颗凝神定气的心，拜佛只图个形式是无所谓拜佛的。既是恭敬，那就要庄重，既要文明，才是真拜佛。若是来不了菩萨面前，平时以礼待人，爱心一片，要比跪在佛前、人面兽心的人要多得福报，多得快乐。

看拜佛之中各式各样的人，从进山门起，有一步三磕头的，有三步一大拜的，有乘索道观光带旅游的，有一级级如我们一样走上去的；谈天说地的，汗流浃背的，神情庄严的，默念祈祷的。大家都不认识，却因为拜佛走到了一起。每个人，都有着与佛有关的故事，都带着愿佛保佑的信念，于是放下自己的身躯，期待佛光的点化，祈求风调雨顺、家和国安。

佛菩萨，有么？对于如我一样的信佛之人，当然有，梦里有，现实中也有。我相信，善良的心，慈悲的怀就是菩萨的心肠，就一定会有好的收获。不管前世有没有，不论后世怎么过，只此一生。去爱人，不只是父母亲人；善待生命，不仅仅是喜欢的宠物。我信佛，虽然我只会抄写经文献于佛前；我拜佛，即使我不懂佛教的高深智慧。有次坐公交车，在丁字路口，车子和一辆倒着的集装箱车尾擦了下，车子被惯性往前冲了一段，车门撞坏，四周的玻璃震得粉碎。所幸的是大家都无大碍，只听得襁褓中小儿的哭声。等着换车的我一边还有点胆颤心惊，一边默默念阿弥陀佛为那女孩儿祈祷。当我告诉一位居士时，他说，"你虽没学佛法，可你已在行佛法，难能可贵！"

献经文

妈妈刚从普陀山回来，大包小包提得沉沉的，我迎上去，"累了吧？"妈妈边把包包里的胶鞋，棉鞋倒出来，一边开心地说："不累，这趟烧香很顺利，一点都没不舒服。而且，萍啊，我真高兴呢，那个去年见过你的方丈等我们一进去就喊出了你的名字。待我们热情得不得了，后面的客人都等在了门外，他却给我们倒茶，吃茶点。看，还有专门叫我带给你吃的开心果，说让你每天都开开心心——"妈妈的包理得差不多了，可话还说个没完。我给妈热了个汤，端出冒着热气的菜，"妈，先吃饭，吃好再慢慢讲我听啊！"我给她盛了碗饭，她边吃边说："老方丈说你的字写得太好了。端庄严谨，去年的小楷《普门品》手卷让人看得不可思议，今年的中楷《心经》一样没丝毫可挑剔的地方。你这么恭敬地抄经送到普陀，是无量的功德也是佛缘至深啊！"妈妈的脸上洋溢着无比的快乐，我虽没同去，却好像也去了一般。因为妈妈好像要把所有碰到的事，听到的话一股脑儿都说给我听。

妈妈说，另一副《心经》送到了梵音洞，我知道，那是我去年答应那儿的住持要抄经文献上的。他说他有个大些的佛堂，希望我能把经文写大些。于是习惯写小楷的我尝试了写中楷，以为不会有很好的效果，拿给张浩元老师过目时，老师竟点头赞许写得甚好，我想或许是小字写多了，写熟了，大字也在当小字写，故而没一点点生疏和顾虑。如今妈妈献去的《心经》就是我写在黄色格子宣纸的中楷横幅作品。每个字四厘米见方，260多字，总长一米五左右。写了两幅，一幅送至法雨寺，一幅就在梵音洞。妈妈说，主持问车上一共多少香客，给每人送了一串佛珠，一大袋吃的也要每人分到。他说以后希望我去普陀时能见到我，要当面感谢。我很开心，不仅是自己能抄经书献于佛前，更觉得自己的聪慧定是菩萨所赐。

每每抄经，凝神静气，心中像有股甘泉在潺潺流动，清澈如镜。每一个字，每一段话，我读着，写着，先不管其义，必诚心一片。或焚香，或沐浴，或净手，总是放下一切嘈杂，于经书前尽显纯真至善。父母晚饭后经常吵着他们的芝麻小事，儿子拉着每天的二胡练习曲，我听到了只言片语，却仍顾着自己抄写。在静心之中，没什么可以左右自己，长长的经文让自己增加了写字的功力，同时也增强了平静的定力。我写了两米长的《普门品》，有位居士看我写得好，印成书供人传阅，两千左右的字，我虽不是一气呵成，却从没出现过一次笔误。去年暑假妈妈去峨眉山，我写了七米长的《普贤行愿品》让妈妈带去，装裱的师傅看着我一张张被接起来的大幅作品，对我说"别人抄这么长的经书，最怕的是看出前后不一致，可在你的作品中，我却找不到。你不仅写的好，还很厉害。"抄得最多的那几天，每天近一千字，有个晚上，竟梦到了普贤菩萨，我看着他，他的嘴角微微一笑。醒来后，我告诉妈妈，妈妈开心地说："菩萨在夸你了。"

我喜欢抄写经文，它不仅让自己提高了写字的水平，更增添了自己的智慧。别人或许看不出，而自己却感受得到。因为佛缘，我才会抄写经文，因为抄写经文献于佛前，与佛更为亲近。我自己的经历让我深信不疑，即便梦中所见，我也感觉是佛的指引。有几次，我都会梦见有恩于自己的逝去之人，让我抄经相助，我抄《心经》或《大悲咒》等回应他们，他们果真不再出现于我的梦中。我梦见自己家谷粒满仓。朋友告诉我，你抄了那么多经文，功德无量，也不能忘了需要你帮助的人。我想，抄经是弘扬佛法，而佛法最大最深的就该是以慈悲之念做慈悲之事。我这样做，该是和佛法相通的，更何况我本身有着善良的心。

前些天做了个奇异的梦，梦见天空铺满玉如意般的云朵，一会儿组成了一个个"品"字，我站在天地之间，满天的"品"字让我既惊奇又欢喜。我从梦中开心醒来，奔走相告，觉得这个梦一定有什么寓意，可一时又解释不了。朋友告诉我：云朵，意为吉祥之意，祥云。"品"理解为佛经，佛经以"品"为章。总解为佛菩萨欢喜并鼓励你精进抄经，祥云朗照。他祝贺我，我也更觉得自己与佛结下缘了。现在，我一有空就会翻开500来页的《妙法莲华经》，我想花上两三年的功夫，用精致端庄的小楷把它全部抄完，再装订成册页，献于佛前，我想那一天，就在不远的将来。

佛，赋予我更多的是无穷的智慧之花，我将用这所赐，乐此不疲地去做该做的事，与佛，与人，与自己。

我的书迷

我也有书迷？先作个解释，此"书"非彼"书"，不是妙词佳篇所累之书，而是我写的书法之书。遂知，书迷就是喜欢我书法的朋友。说是书法还有些妄自尊大，无非是会写点闺秀小楷和没深学的行楷，实称不上什么精彩法书。不过即便朋友们喜欢，我也就乐得写，乐得送，一来二去，朋友们还都说写得秀美灵动、凝神静逸。

最远的书迷在内蒙，叫陈广学。在博客上总称我老妹，请我写了幅近两米的中楷，回寄了我两盒重重的野生木耳、红果等。其实我最拿手的是小楷，既然老大哥喜欢，我就尝试着第一次写了那么大幅的作品。最近的该是我的学生吧，我每次范写，他们都会认认真真地看，一边和字帖作比较，一边还喃喃自语"真好看"。

有的朋友大老远开着车子来看我写字，我的金粉《道德经》在他们的眼中显得那么珍贵；有的从市里跑来问我要扇面，我说"不是已送过一幅与你？"他摸摸头不好意思说："那作品被朋友看见了，喜欢得非让我来向你买一幅。"看他诚恳的模样，我又分文没收送了一幅。见过的，没见过的，都是些向往美好的真诚之人。

有个作家朋友叫陈武，尤其喜欢我的小楷。我们初相识时，他请我为他即将出版的书写标题——《洁白的手帕》，我真是受宠若惊。

于是认认真真写了好几遍，拍好照片传给他看，他高兴无比。说实在话，我虽喜欢写字，得了一点小奖，至于提书名，还真是第一次。后来，他打我电话，因为出版方没用我写的字，请我千万见谅。我心想，这人挺怪呢，我又不是大书家，能不能用我的字自己都不在乎，反让他失望了。

其实他倒是个挺有成就的作家。我从博客里知道了他写的书作颇多，还经常做公益事业。虽是个文人，却从不听他说起自己，几年的认识，我才刚知道他是某市作家协会的主要负责人。这个挺出名的作家，经常给我的作品留言，夸我写得好，是他欣赏的闺秀小楷。我博客里每次更新的作品照片，他总是第一个看的，每每看，每每评，称赞、喜欢溢于字间。我的经文抄得多了，字也慢慢变得自然、有风格了，正好他也喜欢佛经，请我写了个《观世音菩萨普门品》。我寄去了，他竟和一位居士商量好，把我写的《普门品》印成了几千册的经书放于庙中以免费传阅。我很感动，这个书迷咋这么热心呢？听他怎么说："这么端庄秀美的文字，不仅我喜欢，对于每个信佛的人都会喜欢的，这既弘扬佛法，又鼓励你多抄经文啊！"

他给我寄了六十本印制好的《普门品》经书，看着自己的小楷成了铅字供人传阅，有种被认可的满足。我知道，这是朋友对我的信任和抬爱，信佛的我会写更多更美的经文以传佛法无边，无量功德。我用小楷回了封信给他，信中感谢他一直以来对自己的肯定和鼓励，对作品的欣赏和喜爱。自己每一点的进步都被他看在眼中，这是何等的欣慰。他收到了我用小楷写在宣纸信笺上的书信，兴奋不已，告诉我，他每天几乎都有信函寄于家或单位，但这样古色古香的小楷书信却是第一次看到，有如回到了古代，欢喜甚佳，必好好珍藏。请求我若是再有信写他，一定仍用小楷书。我笑了，这书迷，是真书迷呢。今年春节前夕，他请我为他书房写幅立轴，随我怎么写，我挑了首李白的诗写了个中楷条幅，顺便写了副春联一起夹在信封里寄出。过年时，问他春联贴了没，他说没，我一脸疑惑，不喜欢还是不好呢，他让我又大吃一惊："春联没舍得贴在门上，条幅已拿去装裱，太漂亮了！"你看，这书迷咋这样呢，我笑着批评道："以后要是不舍得贴，我就不写啦！"当自己的爱好成了被认可的艺术之花，这不仅仅是自己的辛勤努力，还有如他那样真诚的书迷在一路相伴。

因为有了这些书迷，让我更加坚信自己：我的小楷能越写越好，行楷、行草可以去学习一下，至于写文章等，何尝不一样呢？说起写文章，又有点大言不惭了，自从在网易有了博客，我不仅把自己每阶段临习的书作、创作的作品放于"小家"，还把自己的心得体会、喜怒哀乐化成心香一瓣温馨其间。零零碎碎的串起，不知不觉尽有四五十篇了。陈武喜欢我的楷书，经常来光顾我的小家，日子久了，还读起了我的小文。我不知所措，一个专业作家会用怎样的眼光看待我小儿科之类的言语呢？当他以肯定、欣赏的言词评点我天真的文笔时，我竟有点飘飘然的难以置信。

他说我的文章可以发表，我笑了，听错了？还是他说错了？这个喜欢我小楷的书迷不会因为爱屋及乌来附和我的文笔吧？一时间，我难以置信，却又真的投稿一试，第一篇稿子是他给我投的，《只为这份喜欢》，写自己真真切切对小楷的痴爱，还真的发表在了《常熟日报》上。当我得知原来他和常熟的作家俞小红是好友，我又莫名的感伤。或许是他们的关系让自己的只言片语见诸了报端，这又有何稀奇，猛的一下，没飘起来的我又好像摔到了烂泥里一样。他来常熟和他的几个作家朋友见面，打电话叫我也去，第一次看到五十来岁的他大概因为熬夜而早生的一点华发，真有些不忍与怜惜。或许这些倾其心血把黄昏串联成白昼的他们有着常人所没有的天分，而更多的该是辛劳吧！当我听到他在桌上夸我的楷书写的棒，当俞主席用肯定的话鼓励我，"小葛，你的散文蛮好，可以写！"我才真正地相信了自己，没有什么一定不可以，若不去尝试，或许连自己也发现不了自己的天赋呢！嘿，看我又自夸了吧！

  就是这样的一位书迷，让我不仅因为自己的爱好，更坚定了步伐；还因为这份真诚与热情让我尝试着成长自己。我笑着对他说："我很开心能成为你的书迷，而你，现在也成了我的书迷了。"

写春联

每年岁末之前，我必做一件事：写春联。给人家写，给自家写，今年的春联有点小变化，自己家的让儿子包去了，我呢，照例给别人家写。

儿子学了几年书法，虽说不上刻苦，也有些长进，稚嫩的笔画间透着男孩子的勇气和胆量。他喜欢写大字，那晚心血来潮自己提出要写字，看着他握着笔，胸有成竹地写着自己拿手的那几个字时，我即刻闪出一个念头，"宝贝，今年咱家的春联你包下吧，妈妈看你胆子大，放得开，完全能写春联了。"儿子听我这么夸他，满心欢喜，让我写个样子，照上练，练了两三个晚上，他就急着学我的模样，在带有龙凤呈祥的红色春联纸上一展身手了。说实在的，以我的眼光，那些字有不足的地方，但我没打击他的积极性，鼓励着说还不错，继续写，写得更好还可以送给自己的好朋友。这样，儿子接连写了好几幅春联，一个十岁的孩子用自己的小手大胆地写着自家的春联，作为妈妈，心里乐滋滋的。

儿子写春联时，我也在忙着给别人家写春联，同学、同事、亲戚、邻居，还有父母厂里的熟人都要送，屈指一算，不下五六十来幅。每晚写几幅，倒也快速，加上横批，还有"福"字，一张张带着墨香的红纸在家中摆满、晾干，那场景，甚是喜庆。村里送信送报的来，乐呵呵带走一副，留下满屋谢意；爸妈上班带去厂里几副，回来又满是快乐的转告；有的家长不好意思问我要，叫孩子上学时轻声向我讨，我也会笑眯眯地送给孩子。

一副春联就带着一个故事，不同的故事都有相同的结果，那就是人们对快乐与幸福的希冀。在家写春联送亲朋，是一回事；出去写春联送百姓，会有更多难忘的故事。

那次去张桥写春联，天空飘着小雪，北风呼呼，等久了公交车的我浑身哆嗦，冰冷的手里拽着支毛笔，满心希望等会写春联能有个温暖的地方。等我挤上车，再转乘另一辆车，到张桥时，已迟到了十分钟。我惊讶，目的地一点都不温暖，是在菜市场的一个角落里，看着水泥砌成的冰冷的桌子，其实就是一长条供摆摊子的长桌，我真怕自己的手没知觉捏毛笔了。再看看他们已经在挥毫泼墨，我抖擞精神，吸了口气，伸出双手开始半天的"工作"，先折下纸，拿起笔的当儿，已经有人给我倒好墨汁了。围观的人群里，中老年居多，因为来买菜的老大爷、老大妈既勤快又喜欢热闹；中年的一般认得字多，一边看一边评，挑了喜欢的内容再挑人写；小孩子不认得行草书，他们转了一圈，就围着我这边看，因为我不会行草，于是几个行楷便把一帮孩子引了过来。

虽然晚到了些时候，可写春联的十来个人中，就我一个女的，所以写了一会的功夫，有许多人来观望，我心里嘀咕：是怕一个清瘦女子写不来字吧？他们看着，竟三三两两挤着在议论，"这姑娘写得不错，每个字也都能懂。"一个操着外地口音的老大妈挤到我身边，一边看我，一边请求："姑娘，你也给我写个吧，我想寄给老家的儿子贴大门上！""大妈，我先给你写，你等一小会啊！"我每写好一联，传给大妈晾干，再把横批写好，也交给她，大妈连声道谢。在一片欢笑声中我已不觉得半点冷了。

快到十一点时，大伙手中没写的春联纸早已被围观的百姓抢在了各自手中。因为只要有纸，我们中无论哪个都一定会给他写，刚才是纸多人少，这会是纸少人多，揣着空白红纸的，在乐呵呵地炫耀，没拿到的有点失望。他们都结束了，我身边还有几个老人在等着，组织的人对他们说："我们到时间了，要收工了。"看着他们已经等了那么久，我劝下想把我墨汁收走的人，"你们先走一小会吧。"当我把他们手中的空白纸都写好交给他们的时候，老人乐呵呵的笑声中夹杂着对我的称赞与感激，我的心更暖暖的了。当我放下笔，想喝口倒了半天没动的水再准备离开时，那位大妈又出现在我眼前了，她说："姑娘，站了半天累了吧，我在这菜市场里开了个小杂货店，刚才看着你没消停一会，又给我写春联，这点水果你别忘了带回去，算我一点心意。"我才知道，大妈刚才早放我脚旁边了，只是我一点没注意。我连忙推却："我们为大家写春联是应该的，真的不用客气，如果明年还来张桥，我还给你写啊！"大妈的水果我没拿，但大妈的话语我至今没忘。如果用自己的一点举手之劳能换得更多的温暖与感动，我想是值得的，且是幸福的。

菜市场里写春联的故事真的很不一样，那种亲近，身在其中，自己就是他们中的一个。因为春联本是百姓的，百姓的日子就要如春联一样的红火与喜庆。家里有老人的，给他们写上"笔走龙蛇资雅韵，诗题福寿贺新春"，既有雅趣又祝福寿；另外"金龙含珠辞旧岁，银蛇吐宝贺新春"也是恭祝新春吉祥，财源滚滚的。

今年的写春联活动就安排在自己镇上的文化广场，时间还未到，我已在期待，期待着人们的欢笑如年一样的红火。送去一份喜庆，给自己一份快乐，心与心总会相通在温暖之处。

书香萦心

早春三月,昨天还温暖得把春装准备就绪,今天却是阴雨冷风扑面而来,真叫个料峭春寒。从市图书馆三八妇女书展的大厅出来,我不想马上回家。第一次,我跟着自己的感觉慢慢地走着,看着,想着。等待着入我眼中的风景,入我心中的游丝。

行人车辆依旧在大大小小的路上穿梭,我不屑一顾,转向旁边的院墙边行边看。这条路不知走过多少回,视野所及之处,尽是各种书法。以篆书题写的匾额"吴越青瓷馆"之内,挂着字画;"常熟古玩市场"六个隶书大字就题写在这院墙上之上;"状元坊"三字端庄大气,我停下脚步,决心细细读通下面这副长长的对子:"此中出叔侄,大魁昆弟抚相,画栋雕梁门第,海虞称冠代;何必数榜眼,感旧会元有坊,华篇圣迹声名,琴水让高山。"只要路过此地,我总会瞥上一眼,可从没驻留多时,更没细细思量。这劲道挺秀的楷书,我倒是非常欢喜,因为我的书法也追求着雅致秀美。

刚才展厅里遇到家乡人李向东对我的肯定,以古朴的隶书风格独树一帜、各体兼长的他,夸奖我小楷写得漂亮,进步神速。年逾古稀的老人在自己的作品前逗留片刻,和相邀的好友说长道短、笑语盈盈。一个十七八岁的女孩总是跟着我和一同参展的好友,我以为是她的学生，嘴里还自言自语地说着什么，我拉拉好友衣襟，问："她，谁啊？"好友惊奇："不认得。"我猜，是不是有点问题却也喜欢写字的少女？她笑嘻嘻地拉我手："给我拍个照片吧！"我欣然答应，我跟着她转了一圈，最后在人少一点的地方停下，准备拍照，她看到身后较远的地方还有个人，跑上去让人家走开一点，我暗笑，这么多人，照片里有别人是正常的，她故意把头一歪，右手做了个小孩常做的手势，我连拍了两张。可爱的她，我实在不能多了解什么，但，对于写字，或人家的字，她肯定都是欢喜的。

我的老师也在人群中，我迎上去打招呼，老师像爷爷般亲切，我总是没大没小地和他说话。他都七十多岁了，精神比年轻人还旺，一天能写好多幅作品，一个月不到又出了本作品集。他问我的作品在哪，和他前阵子合影的照片收到没有，让我注意身体，写写行书。我像只快乐的燕子，轻盈的身姿在这书香氤氲里舞动。

其实，我只是个喜欢写字的女孩，与书相伴，成了我生活再不可缺少的乐趣。我在一笔一画间度晨昏，我在一点一滴里寻进步。于是，我的作品还真的被看到的人肯定了，夸奖了，惊讶了。文广新局局长吴苇便是其中的一个，他好篆刻，师从吴颐人、韩天衡，也善书法，拜于言恭达；虽公务繁忙，却经常挑灯夜刻，提笔挥书。我对印了解不深，每次大幅作品钤印时，总向他请教，他不仅细心，每每总是夸赞我的认真与进步。在人群里他看到我，让我等一下，有事与我说。我慢慢欣赏别人的大作，一边等他。

他对我说，我用金粉写的《千字文》在他办公室，见者无不赞叹。原来只是夸我。我心里美滋滋的，便说出我自己的心愿，想书写金曾豪先生的《常熟赋》，在适当的时候捐献给常熟博物馆，算是为家乡所做的一点贡献吧。吴苇先生表示赞同，并和我探讨怎么样的形式为佳，标点用不用，怎样写恰当。我连连点头，表示在四月就可写好。

书之道——观央视《中国书法五千年》遂得

书源华夏，墨润五洲，纵横枯瘦，铁划银钩。戏凤游龙，优雅文风，历劫沧桑，一脉流长。

楹春联，斋牌匾，碑林帖，摩崖刻。书景合一，华表人间。遥想当年，春朝秋夕，主人在琳琅法帖间玩赏；遂知今日，楼阁亭台，游客于古朴墨香前醉迷。风景中风景，如龙之点睛，笔致中风情，更性亦通灵。孤山脚下，几缕暗香，梅妻鹤子人共仰；慕才亭边，侠骨冰心名永传。文相表，武将檄，千古同心谓双绝。或凄婉，或孤傲，或悲壮，或雄浑，皆为书史合一，皆述九州人文。望五岳独尊之摩崖石刻，若鸾飞凤舞兮出山岳，似灵光神合兮耀人间。

甲骨卜辞之神话，契刻书法始萌芽。契之精巧兮字美，传之千载兮神往。仓颉造字朗乾坤，"宅兹中国"在何尊。篆之舒卷青铜始，《侯马盟约》弃刀锥。石鼓文，向背和谐，偃仰有序；秦小篆，李斯一统，庄严肃穆；李阳冰，承继创新，崩云惊人。或长短随和，屈伸自若；或扭甩盘曲，折叠腾挪；或疏密相间，偏正相依，或随意赋形，舒卷交错。邓石如"印从书出"勤实践，吴昌硕"明月前身"怀眷念。拜黄帝陵望轩辕万世功勋耀中华，观端庄书叹仓颉满腔智慧结奇葩。

里耶秦简承篆启隶，或简或牍，紧凑如密林之雀，疏朗以空灵跳跃，委婉溢灵犀之魄，腾挪函天工雕凿。吴孙膑，齐孙子，因兵书而混之，终以简书而厘清矣。东汉古，西汉隶，《张迁碑》开魏晋风，方整尔雅；《石门颂》出雄浑气，六朝疏秀皆缘此。《乙瑛碑》朴翔捷出，肃穆高亢；《曹全碑》秀美灵动，驰骤奔放；《礼器碑》飘逸多姿，纵横跌宕。万千碑刻纷呈，几代精英立名。

《神乌》《急就》古章草，张芝奠基创新调。《平复帖》师汉简风，拙厚高古谁与同；《初月帖》雅致风韵俗尘空；《古诗四帖》激情肆，苍劲挺拔若游龙；《自叙帖》飞动圆润，世间无双后学崇；过庭《书谱》集大成，庭坚洒脱笔纵横；白石恨晚三百年，甘为青藤把墨研，散之赞誉王铎君，怀素唐后第一人。书非小技焉，实含大道理，"我写故我在"。疾风骤雨，入木三分万均力，姹紫嫣红，流芳百世几家书。

行介草楷间，由隶衍生之。至东汉，五体全，主流势，晋为瞻。《兰亭》似清风出岫，明月入怀，雄秀皆备出天然，《祭侄文稿》以浓墨洒泪，长书当哭，蓬勃激荡壮美兮；《韭花帖》陶情适性，放怀惬意；《寒食帖》诗情悲凉，意象阴郁。《西山碑》风骨棱立，气势开张。"我书意造本无法"，"天真烂漫是吾师"，生之岁月磨短兮，心之灵韵绵长乎。

《起居注》昭示天下，传之后世。书品为正，人亦楷模。元常精思书学三十年，真书古雅，道合神明。王导缝《宣示表》于衣布，羲之遂得。邦国文脉，书艺载道。东晋分，书两派。大字之祖《瘗鹤铭》，妍美流畅为南派，《龙门造像》《石门铭》，古拙质朴乃魏碑。二爨子碑在南现，天下书法相贯通。大唐盛，诗书美，煌煌正体成楷模。欧体瘦俊挺健，登峰造极；颜体丰腴厚重，端庄雄伟；柳体劲拔威严，风骨特出；赵孟𫖯以法追韵，唯美是求，刚健婀娜无懈可击。

篆隶草行楷，千年尤未改。三昧书魂，植入千万炎黄子孙崇文爱字之心田。一间精舍，几位书家，竹管白笺，素心雅趣，挥毫书写同心同道、同宗同文。一执笔，一蘸墨，便可追溯一个千古的话题，即可找寻一条深远的文脉。

古人书作，灵照今之山水，字悦观瞻实是三生之幸。今之学者，索求古之精髓，穿越时空但凭灵犀一点。晨昏往复间，翰墨氤氲里，梦绕魂牵，废寝忘食，老却红尘，凝定精神。华夏书法之法，乃文化传承之法，亦社会文明绚烂呈现之法。它积淀商周秦汉之雄浑凝重，缤纷魏晋唐宋之风骨文章，必彰显当今时代文明之灿烂辉煌。

注：

慕才亭：钱塘名妓苏小小墓葬于西泠桥畔，生前她捐助过的书生建慕才亭以示怀念，小小虽生于歌楼，却洁身自好，满腹才情。

梅妻鹤子：西湖孤山林逋之墓，一生孤身，爱梅养鹤，他的名句"疏影横斜水清浅，暗香浮动月黄昏"流传千古。

文相作表，武将起檄：岳飞书写诸葛亮的《出师表》。

"宅兹中国"：早在《何尊铭文》中出现。

"明月前身"：吴昌硕怀念未曾过门便逝去的章氏，刻"明月前身"之印。

《起居注》：褚遂良为唐太宗李世民记录日常起居君主操行，书品人品皆端方正直，可称楷模。

后记：

这是我在2012年冬天看了中央电视台的八集大型纪录片《中国书法五千年》后整理写成的小文，还请了浙江的朋友夏增高细细指点。在寒冬里，我将它用金粉写成了一幅长一米三，宽四十多公分的作品，一颗心尽在不言中。我不舍地把它寄走，真想有一天还能再见到。

语言是露文学是花

因为一直做语文老师，又因为一点文学的情结，心里不知不觉便播下一颗文学的种子，它在阳光雨露下萌芽，在时空流转中长大，于是便成就了我一生难以割舍的缘。

点点滴滴的诗意

语言是思维凝练的结晶，是文字表述的呈现。优美动听的语言有如一幅江南山水画，沁人心脾，令人陶醉；睿智深邃的语言有如一杯香茗，耐人品味，荡气回肠；深情感人的语言有如宽广无边的大海，荡涤尘垢，撞击心灵；俏皮幽默的语言则有如一点点糖果，甜在心里，乐在嘴边。

有幸在2011年的11月底，听得苏州市的几堂小语课，感触颇深。其中一位老师执教的《忆江南》，让原本酷爱诗词的我着实回味良久。诗词还能这样教？语言还能这样影响孩子？在这堂课里我欣赏了一番。老师用吟诵的方法带领学生走进了一个与众不同的天地，从"平长仄短"的读，到"依字行腔"的吟，一步步感悟文字进入文本的情感，在反复吟唱中层层深入。

老师反复的吟诵，用声音、手势、表情，一步步引领学生感悟文字深处带着的情感，"日出江花红胜火"时豪放响亮；"春来江水绿如蓝"时细婉深情。

　　"感人心者莫先乎情"若是感悟不到位，解读有差错，那么将文本外显示"语言"的吟诵怎会有高低起伏、婉转奔放？怎能表现出"红胜火的江花"之豪放与"绿如蓝的江水"之婉约？教师用自己对词的深厚情感引领学生走进了古典，一步步绽放着语言文字的魅力和韵致。

　　多诵读些古典吧，千百年来的古韵应该让孩子去传承、去发扬、去开花，因为那些闪耀着劳动人民光辉灿烂的文字不仅仅是语言本身的美，还蕴藏着中华名族优秀的美德。这些都能在我们老师的引领下让孩子学习，仿效，从而让孩子的身心茁壮成长。在优美的语言中丰富自我、展现自我、完善自我。

字字句句不了情

　　语言文字是需要积累的。环境的影响，时间的过往，个人的修养，执着的追寻，才能让一个人胸怀天下，文思如泉。那么字字句句从哪来？听到的看到的想到的，还有亲身经历和对未来梦想憧憬的，都是语言的好素材。

　　语言也更是需要整理的。或许一个人可以滔滔不绝地说话，但若是没有条理，没有中心，没有情感，没有色彩，"风马牛不相及"的语言只会让听者不解其意，耳烦心厌，无半点享受之乐。这就需要把它在内心和大脑中整理，这就需要思维来成形。当内心想写之时，便是灵感闪现的时候，此时，不是简单的说话就可以记下，它需要一颗心在笔下倾诉，带着自己的想象和情感，那点或许已在深夜闪亮的东西竟真的成了自己的文字、自己的语言。想着儿时常写的日记，觉得那会儿真的没多大用处。可是我想，若是没有那会儿点点滴滴的积累、整理与丰富，一定没有如今提笔的轻松。

　　什么是语言的习惯？若是在平凡的生活里，放眼世界，自然甚至最细微的点滴小事，并让自己和心灵时常对话并加工整理成文字语言的话，那么你身上带着的不仅是文化的气息，还有气质修养和对生活更多的理解和感悟。这就是运用和创作语言文字的好习惯。或许你的环境让你在一段时间内没有机会去好好说写语言，没关系，那些印痕已留在你的心底，只要遇到一定的时空，会像雨后的春笋一样破土而出，拔节生长。于是你又找回了那个曾经的自己，又仿佛和更美的那个自己在开始对话。

　　　　桃蹊柳陌何时踩？
　　　　冬去春来会。
　　　　小桥流水醉江南，
　　　　卧看一窗烟雨漫珠帘。
　　　　美人邀月衷肠诉。
　　　　莫恋他乡土。
　　　　万千珍重亦难离。
　　　　爱在悲欢离聚两依依。

　　这是我创作的《醉江南》词四首之中的一首。当情感和着词的平仄、押韵诉诸于文字时，是自己内心最舒畅的时刻。因为我和自己的心灵在对话，和古韵经典在交流。回忆一下这首词的来历吧，那是我一个人走在春天的夜晚，月色朦胧，堤岸柳丝轻扬，烟雨蒙蒙的夜笼罩着自己对远方爱人的思念，回到家，望着窗外那轮不圆的月，多么盼望远方的他能回来陪着自己一同漫步在江南的柳堤啊。远隔千里，却牵挂着彼此，寄相思于同一轮明月。欲说还休的惆怅之时，一首小词便在自己的笔下诞生了。

幽幽的江南，自古唱来了多少美丽诗歌。我——江南的女子，诉不尽那份浓浓的情，读不完那片山水、那条雨巷，却幸福着自己的所在，唱出了自己的语言之歌。

有时并不是一定能写，一定要写，那么就让一颗心静静地品读那些古今中外优秀的著作吧，那些闪耀着真善美的篇章，无论多久，无论多远，都会在读者心中荡起美丽的涟漪。教人求真，让你在最艰难的时候也会有阳光温暖心间；教人求善，懂得感恩，懂得珍惜，懂得仁爱和善待他人；教人求美，在文学艺术与心灵的殿堂里，去发现、追寻和探索。

声声心弦奏情韵

语言比文字在一定程度上更难以表达，文字的表述是思维的作用，而语言，它是声音、情感、动作和表情的综合体，喜怒哀乐会在你的语言中一览无遗。

夜晚，在走得很累很长的路还没到家的时候，儿子说："妈妈，只要有一丝希望，一点机会，我们都不能放弃，对吗？"我吃了一惊，"这是《辛巴达航海记》故事里看到的？"他却振振有词："这是我说的，那儿可没有。"我想故事讲得其实就是这个意思，可他竟用到这黑夜行路上来了。我高兴地摸着他的头，我的学生没白教呢。

在我的课堂上，我没有能力教一年级的孩子对着格律、平仄去作词写诗，但是我努力给他们创造优美的语言环境。读优美的诗歌，讲好听的故事，说浅显易懂的道理，和他们一起在感悟文本之后尝试写简单的儿歌。午后的校园里，我看见我的孩子们在发黄的草地上大声朗读着《唐诗三百首》，我笑着走过去，他们却像开心的小燕子，一点不在乎我的到来。我的眼前出现了那么美的画面，在乡村的田野里，可爱的孩子们嬉戏玩耍之后，坐在溪边的石头上，温暖的阳光映着一个个童稚的身影，书声在旷野荡漾，燕莺在婉转歌唱。于是，这幅天籁般的画面就出现在我的《春野醉读》五律里了。

> 春与小溪长，
> 田间百草芳。
> 燕裁烟柳醉，
> 蜂逐菜花忙。
> 自乐书之味，
> 谁知墨者香。
> 怡然天籁里，
> 心梦入诗乡。

当我把它读给孩子们听的时候，他们的眼睛里是好奇与懵懂，当我把画面描述了一番再朗读的时候，那一张张小脸蛋便乐开了花。所以说"非小而不能教，非难就不可授"，对于小孩子来说，欣赏、积累，陶冶都是对语言的学习，这也是"润物细无声"。有时上课个别小朋友拿着橡皮什么在玩，我眼睛瞧见了，而另一个孩子也看见的时候，他会说"你的橡皮要哭泣了。"因为我说过学习用品是帮助我们学习的好朋友，要是玩着它丢了它，它可要不开心啊。你瞧，仅这么一句，也是善意和充满童趣的诗歌啊！

满庭芝兰满庭芳

语文的根本就是语言文字，解读、感悟、挖掘，深入最终都要让孩子们喜欢上语言，带着文学的韵，品读语言的美，吟着诗歌，唱着词曲，读着佳句，在传统和现代中行进，再用自己的语言和文字来看待世界，书写人生，岂不美哉？

　　我是一个喜欢微笑、善待自己和他人的人，懂得感恩，追求无边的文学和艺术。我经历过风雨，最终看到了美丽的彩虹，于是笑着过自己的每一天，用自己的能力影响我的学生，用自己的执着追寻更美的芬芳。我知道，一个人并不是一味的读书才能写出优美的篇章，当阅历、当心态、当情感、当内心的幸福随时来到的时候，我点滴记下，细数走过的日子，在一年多里，我博客里诗词等小文竟有了上百篇了。不是为了什么去写去学，就是内心想写才写，这便是语言给我的魅力吧！就如我在词《蝶恋花——言志》里写的，"心恨身无双羽翅，万里长空，易若寻常事。""淡看世间名与利，灵犀自醉桃源里。"

　　与书为伴，与语言文字为友，我的心澄澈和平静、充实而美丽！

我与《常熟赋》

一、品读《常熟赋》

"常熟之美,美在山水。长江临门,金波万里浩荡;太湖在旁,烟水千顷苍茫。半山入郭,三湖簇拥,平仄如水调歌头;一河入城,七溪分流,并行如弦在琴上……"这是金曾豪先生写的《常熟赋》开篇词。读着,品着,我和读古代所有的美文一样,如著一身素袍,于古典辞赋和自然美景中徜徉开去。平仄、长短带来的顿挫与抑扬,那是文字本身的美,而文字蕴含的意境和思想却能超越文字本身,藏跨越万水千山的胸襟,有身临天地之间的壮美。常熟,让来者阅不尽湖光山色,让叹者道不尽天地大美。

"常熟之厚,厚之于史。""常熟之胜,胜诸于史。"常熟,是美在内外的,就如人内外兼修一样,她的历史与人文都那么丰富与深邃。一段段历史,记载着一个个人物与故事;一件件艺术,呈现着一番番辛苦与辉煌。常熟,是人杰地灵的福地,更是厚积薄发、从容开创的精神家园。

再看今日常熟,"论经济,百业协调,年年荣列,全国百强县市之榜;察文化,文风日炽,书声盈巷,彬彬儒雅仪态万方;观生态,一山湖韵,半城山光,水清木华诗意栖居;话旅游,红色经典,绿色湖山,常来常熟渐成时尚。"由山水之美述起,再由古至今道来,外在之美与内在之美就这般合奏成一篇诗意盎然又潇潇洒洒的歌赋。

常熟,这片灵秀的土地,在天地造化之下孕育成大美;在金先生的笔下,如画卷慢慢铺展却又如此淋漓尽致。

二、创作《常熟赋》

我喜欢晋唐小楷,特别是洛神十三行,每每书写,便愈加深爱。读到这优美的《常熟赋》,我萌生了把它创作成作品的想法。常熟是美的,这赋是美的,而自己的小楷也是端庄秀丽的。若是统一在一件作品里,更是渐趋完美的。我用墨汁在淡黄色的宣纸上创作了两幅条幅,感觉甚好,流畅的笔画呈现着秀美与温婉。

然而,我还感觉缺了点什么,《常熟赋》,应该是有分量的,如此秀美似乎远远不够。我想到了以前用赤金泥粉创作的经文,顿时,心里窃喜,我该用金粉来创作这《常熟赋》!于是,我准备好一切:生宣——选用藏青或黑色;工具——豹狼毫;金粉——赤金泥粉与配套的胶水。有了想写的欲望,再进行书写,什么都挡不住自己。每一点空闲,每一个夜晚,我就静静地在四尺对开的深宣上一笔一笔地写。

明知金粉难写,可我固执依然。

金粉写时要掺上胶水,掺少了金粉会掉色,掺多了又异常难写。所以创作时速度比平时墨水写字要慢好几倍。线条已不再那么流畅,少了秀气,却多了厚重的感觉。每一个笔画,不允许我加快速度,更不允许我掉以轻心。快了,金粉就着不上;错了,擦时纸上会留印痕。不论环境有多嘈杂,我的心都只放在笔下和纸上。或许,任何艺术都需要这样的静,静到自己可以忘了自己,只有笔在纸上走，字在眼中留。一幅近两米长的金粉《常熟赋》终于成功了，我长舒了一口气，耸了耸肩膀，感觉到好累，才知道自己已经创作了好多天。看着作品，我开心得忘了所有的辛苦，只是眼睛红了一阵子。

当我去把作品接好，几个书友看到后，建议我笔画和金粉还能再厚重些，呈现的效果会更好。于是，我忘却已有的辛劳，又进行了近一个月更艰辛的创作，算上第一幅，总共完成了四幅金粉《常熟赋》。

楷书，虽没有行书的潇洒，更无草书的磅礴，可是，当一千四百多字的金色小楷长卷呈现于深色宣纸上时，也有种典雅厚重的大气之美。看着它们，我有些欣慰，默默地想：如果金先生看到，如果家乡人民看到，或许也会欣慰的。

三、捐赠《常熟赋》

今年三月底，书协发来通知，为庆祝常熟撤县建市三十周年，要写有关的作品。因为金粉写的是长卷，形式不符合，我就把自己在金粉之前写好的条幅交了上去。虽然没能交上金粉作品，但我因此也知道了今年是常熟特殊的历史时刻。我想，我这些辛苦写就的《常熟赋》该给它们最好的去处。留给自己，虽然也有意义，但比之让有关部门收藏，变成全市人民的精神财富，还是后者更具价值。于是，原先默默的愿望，竟然变成了现实：让常熟知道有我——这么一个家乡的孩子，愿用她的心意和笔墨，表达自己对这片土地的敬意。于是，我向书协主席吴苇讲明了自己的愿望，他当即表示赞同。

在2013年5月14日下午，我将三幅金粉创作的《常熟赋》捐赠给了博物馆、美术馆和档案馆。媒体问我创作的动机与捐赠的想法，我如实相告。其实，一切都很简单。我喜欢小楷，这是此生最快乐的事情；我是常熟的孩子，这是孩子给母亲一份最真的礼物。不用记着自己做过，只愿心里幸福着所做的一切，这已足够。

艾青说过："为什么我的眼里总是含着泪花，因为我深爱着这片土地。"我想，不论是艰难岁月还是和平年代，这份深藏于心的爱，总是相通的。

丽日洒照本无意　萍荷动波性自空

陈　武

"丽日洒照本无意，萍荷动波性自空。"这是句藏头联，有佛意，有禅思，暗藏"丽萍"二字。我读了，颇有感想。没错，这就是葛丽萍。联的内容，更是她个性和为人的写真。

见到葛丽萍，是在一次酒宴上。同席有俞小红、王晓明、潘吉、皇甫卫明、老浦，都是我文友，也是常熟市文坛的领军人物和活跃分子。坐下聊一会儿，感觉客人似乎到齐了。我因一路风尘，跑了一下午，被一桌子美味逗得直咽口水，问，可以开吃啦？俞小红说，再等等，葛丽萍马上到。说话间，门口暗一下，跟着又光辉起来，进来一个清清爽爽的年轻女士，一身合体的裙装，色彩也忘了，素静、淡雅是没错的。俞小红立即邀请入座。来者得体地微笑着，大大方方坐下了。

我见过葛丽萍——在她的博客里，博名叫夏荷，某学校语文老师。好几年前吧，我们就互为好友了。

我的博客，开始只想作为仓库，存放自己的文稿。发表过的才公开，没发表过的，都设置成私人日记了。有事无事的，也会去博客看看，到处转转，串串门，打打招呼，看到喜欢的博客，也邀请对方为好友。和葛丽萍（夏荷）在博客"相识"，是她的博客内容吸引了我——小楷书法，新旧体诗，散文随笔，十分丰富，特别是她的书法作品，简静、秀雅中，透出韧劲，有神韵，有法度，走的是传统的路子，却又不失自己的个性，并且一直追求、发扬自己的个性——这个尤为不易，难道不是嘛，生活中，许多人这山望那山高，不能坚持自我，最后什么都不是。

每每看她博客里的一幅幅小楷，便不由得的喜欢，心情也跟着愉快起来。但我只是看看，并不敢妄加评论。因为我对书法是门外汉，加之她书写的，大多是佛经，《大悲咒》、《普门品》、《金刚经》、《地藏经》、《心经》等佛教经典，怕言语不妥而冲撞佛门。当然也有一些书法小品，抄录的，不是唐诗宋词，就是她自己的诗稿，造型别致，婉约秀丽，古朴典雅，真想自己也能拥有一幅，挂在书房里，一来为书房增色添辉，二来也能天天欣赏她小楷的神采风姿——当然只是妄想而已了。

她的诗，走的是婉约派的路子，情感浓郁，意味深长，从一首首诗中，能读出她的细腻和敏感，读出她的温情和善良，在《并蒂树·一世情缘》中，她写道："生生世世，笑颜因此绽放；时时刻刻，美丽相依心乡。"在《思念》里，她说："思念是一杯加糖的咖啡"，是"春天里绵绵的细雨"，是"那本深沉厚重的书"，更是"那幅深藏于心的画"和"那首带着忧伤的老歌"，句句说到心坎上，尖锐的不能自禁。是啊，这样的思念，谁的心，都会跟着柔弱起来，进而心生悲闷。《我的芬芳在你的心乡》是一首写丹桂的诗，却是借桂花的馨香，抒发自己的情怀：

多想依偎成双
一起描摹金秋的诗行
然而我只有这样的过往
放不下已给你的念想
即便洒落尘寰
也永在你心间飞扬

读她的一首首诗，心也会跟着她的诗行，游弋在她营造的情感氛围中，不自觉地和她同悲同喜。让我感动的是她的《金秋》，共分四节，每节只有短短的四行，吸收了宋词和元小令的特长，文白相加，用词古雅，意境纤柔，抒写了对远在内蒙古工作的爱人的思念之情。事实上，她的大部分诗，都取材相同，表达的是和爱人短暂离别的愁绪和思念。这也是古今中外文学永恒的题材，但在她的笔下，更显热切、真挚，低回反复，酣畅缠绵，没有切身感受的人，怕是不能为之的。

说诗，不能不说她的古典诗词。葛丽萍的博客分类列表里，专门有一栏"夏荷诗词"，收录她历年写作的古典诗词几十首，每首我都读过数遍。老实说，我对于古典诗词，更是没摸到边，虽然熟背过很多首，甚至有一段时间，专门研究李贺的哑谜诗，还写过若干篇鉴赏文章，却从未尝试过写。我知道，鉴赏是一回事，写，又是另一回事，知道那玩意儿的功力不是一天两天练就的。不仅要有才情、气质，还要有广博的知识和深厚的旧学做根基，所以古人才有"不是诗人莫做诗"的提示。我也读过许多现代人的诗词，老实说，让我佩服的极少，大都浮在文字上，文字光鲜，内容空洞，为诗而诗，为词而词，极少悟出诗词的真妙。葛丽萍的诗词，和她新诗一样，也以抒写个人情怀为主，从"情"入手，抒发自己的所思所想，笔调旖旎，婉曲清雅，有精练的词句和音律。她的博客里，连续几年置顶的《醉江南》四首，就体现了她的个人诗风，都是写给爱人的，都是离愁别绪，情感真切，读来让人感同身受，其中一首云：

　　烟雨茫茫春欲就，
　　梦里江南，原是归时候。
　　恰似嫦娥挥彩袖，
　　良辰美景情依旧。

　　河畔青芜堤上柳。
　　且怪东风，吹皱西湖瘦。
　　空对小桥无尽秀，
　　兰舟犹唱红酥手！

——《蝶恋花·梦回江南》

　　不用细细品评，就能感受到诗中传递的忧伤和无奈，这样的情愫，仿如旧时文人的感怀，细致、绵密、幽远。

　　常在葛丽萍的博客里这儿看看，那里瞧瞧，虽不敢多话，也偶尔情不自禁地对她的博文说三道四，点评也许不准确，算是真诚打个招呼吧。尤其对她的小楷书法，关注更是多一些。有好多次，看到她赠送别人那么多书法作品，我心里也痒痒起来，想厚厚脸皮，跟她要一幅，终是没好意思。同时呢，对于她随便的把作品送人，也有些不解，又不是青菜萝卜，怕过了季节，随便贱卖的。如果是识者还另当别论，大多都是些附庸风雅之辈，不是糟蹋了艺术嘛。但这话也不便说出口，只是无缘由地替她抱屈。想想自己那么喜欢，都难以开口，他们倒是大言不惭啊。也许呢，这正说明葛丽萍的佛心普爱吧。那么我是不是也厚脸索要一幅呢？这样的想法一旦萌生，就像春天的草芽一样,在土层里不断往外疯拱,想来想去,只好"曲线救国",假借请她为我题写书名为由,写一幅《洁白的手帕》。她居然答应了。我正为我的小阴谋得意时,不曾想,她写好后,直接放她的相册了,并给我留言:"如喜欢,可下载。"原来原件还不舍得给我呀。心里顿时冰凉。但,仍心有不甘,待到她书写的《心经》和《大悲咒》发博客上时,我看那光彩照人、十分精美的书法,和许多博友的围观和好评,还是忍不住开口留言了:"真美。我也很想要一幅啊。"不久,就看到她的回复了,先是一个笑脸,接着说:"你自己要啊?"我说:"是啊,喜欢《心经》呢。"没想到,隔天以后,她又回复了,而且很慷慨:"好吧,不过你要等着,我等空些再写,好吗?我以前写的是小的,写在红色宣纸上的,没这个大,这个可以挂起来的。"我连声道谢。

后来不知什么原因,我终是没有收到她的小楷《心经》。连带我那段时间,主持一本杂志,事务多,忙得不可开交,上网时间少之又少,没有盯得紧,错过了这个大好机缘,至今还后悔莫及。

真正得到她的书法作品,已经是两年以后的2012年5月了,我收到她寄来的《妙法莲华经观世音菩萨普门品》。这也是机缘所赐——我一个吃斋念佛的居士朋友,要印一部佛经传法,问我印什么好。居士的随口一问,我立即想到葛丽萍抄写的那么多经书,建议她,可以别出心裁,印一部手写体的佛经。居士说,谁写啊。于是我便斗胆给葛丽萍留言。承蒙她的理解和支持,立即寄来精心手书的书法长卷《普门品》。收到作品那天,正巧著名书法家江祥荣先生在我书房小坐,他看了作品后,啧啧称赞,把作品反复看了多遍,说从起笔第一个字,到收尾最后一个字,这么长的经文,一路写下来,都很稳健,而且字里行间透出平和、静谧之气。他也是写小楷成名的,感叹说,能做到这一点,真是殊为不易啊。他甚至挑剔地细看作品的背面,看透过来的笔线,居然没有一根断裂和飞白,和正面一样的均匀，由衷地说，这是大师手笔。

我和葛丽萍的正式交流，应该说，就是从印经开始的。为把经书印制完美，居士又托我请葛丽萍写一篇前言，并嘱我写一篇说明文字。于是，博客强大的功能显现了出来，我们在反复交流多次后，葛丽萍洋洋洒洒写来了一篇《缘起》，我也把写好的《写在葛丽萍手书普门品印行之际》的说明文字发给她过目，这样，一本传法的经书，就这样以完整的面目出现在信众面前了。我也给葛丽萍寄去了几十本经书作为纪念。

我对葛丽萍充满感动和敬佩的因素还有一层，就是她坚强的意志和对生活的信念。为避免重复叙述，还是允许我节录《写在葛丽萍手书普门品印行之际》里的一段文字吧："从她的博文里，我依稀感觉到，在她生命最美丽的时候，也就是新婚不久，万恶的病魔造访了她，并且直接威胁到生命……在接下来的无数个白天、无数个夜晚，她都要切实地面对病魔，和病魔作顽强的搏斗，一次次的手术，一次次的化疗……一个瘦弱的女子啊，一个新嫁娘，就这样长时间呆在病房里……然后，便是日复一日地抄写佛经，诵佛，念佛，拜佛……在她顽强、坚韧的毅力下，在亲人们的照料下，在佛的庇护下，她挺过来了，直到完全康复，直到又站在她心爱的讲台上。"

有了上面的交往，那天在俞小红招集的饭桌上，见到葛丽萍时，就没有了生疏感，仿佛是熟悉已久的朋友，交流了书法，又交流了散文写作。作为常熟市作协主席和《常熟日报》副刊部主任的俞小红，对她的散文创作表示肯定，也非常欣赏她的书法作品，以文人的眼光，高度评价了她的小楷。那天，葛丽萍给我的印象，和她的小楷书法一样，简约、平和、静美，有江南水乡的俊秀和知书达理的知性，也不失干脆、爽朗的风格和谦虚的作风。

就在这次聚餐不久后，我看到她博客上更新一条新博文，她的小楷书，入选国展了！我虽为她高兴，但并没有欣喜若狂，觉得这是她应得的荣誉。入展和不入展，她的小楷书已经进入很高的境界。入展是应该的。如果不入展，那是组织者的失误。其实，对于葛丽萍在小楷书艺上的追求，早已引得著名书法家、篆刻家、常熟书法界领军人物张浩元和吴苇的欣赏了，他们也给予她多方面的关照和指点。

以为生活中，不过是这样寻常的交往，如过眼烟云，稍纵即逝。没想到今年年初，我们又有进一步合作的缘分了。北京的一家出版单位，要出版我几本书，小说、散文、随笔都有，并约我进京改稿。在改稿其间，他们准备出一套散文丛书，咨询我，丛书以什么样的面目出现较为合适。联想到近年大肆泛滥并有成灾趋势的文化散文、历史散文、学者散文的现状，我建议他们搞一套贴近大众、贴进民生、接地气的"轻散文"。所谓轻散文，即"短而精美，轻而厚重；也包括回归自然，回归质朴。简单说，就是写自己日常的生活，写自己内心的感受。对所见所感如实呈现，对所思所想真诚相告。并希望，在人们对当下生活渐感浮躁和麻木的时候，能够发现生活的新奇和诗意，发现周围的平淡和美丽。"(《中国当代精美文学读本·轻散文卷·总序》这个方向确定之后，出版方又抓差，让我约几本书稿。我自然就想到博客上的那些精短小文了，葛丽萍、夷人等博客再次成为我阅读的重点，进一步确认了他们的文章很适合"轻散文"理念的要求，于是我把他们的作品下载几篇，做成选题报告，交了上去。不久之后，选题通过了，我立即向他们发去了约稿函。夷人很愉快地给予答复。葛丽萍的回复，却表示一丝为难，相比较小楷书法和散文写作，她更喜欢前者。但她也给了我面子，决定先把作品收集起来，先看看再说。这时正值寒假，她把自己从前的作品整理后，表示可以整理成一本小书，不过对其中的大部分篇章，都要修改，另外，利用假期，还要再赶写几篇。葛丽萍的工作效率很高，就在寒假结束后，我收到她一本十万字的书稿，名为

《心有菩提》。我从头快读一遍,马上交给出版方,进入出版程序。

在写这篇小文章的时候,葛丽萍又进入她小楷创作的高峰期——应常熟市文化机构的邀请,她一口气用金粉创作了三幅《常熟赋》,作为撤县建市三十周年礼品,捐献给常熟博物馆、图书馆和美术馆。而她另一个宏愿就是,要在两年内,用小楷书法,抄录八万多字的《妙法莲华经》。这是一个浩瀚的大工程,比她以往抄写的《金刚经》、《地藏经》等不知要多多少辛苦与难度,这不仅要考验一个书法家的功力,也是意志、精神的综合考验。但我知道,曾在生活中接受过生命考验的葛丽萍,一定会实现她的愿望。

2013-12-8 于北京五里桥